你是我的罗密欧

鲁李 著

山西出版传媒集团
北岳文艺出版社

Preface | 序言

"80后"天空的一束明媚阳光

知道鲁奇,是很早很早以前。

那时候我在很多杂志发表文章,比如说《少年文艺》啦,《男生女生》啦,前面后面总会有一个叫"鲁奇"的家伙。我很坚定地写着女生,而他很坚定地写着男生,我常常有一些忧伤,而他常常留一点幽默。总之,这是一个跟我完全不一样的人。

后来,我们互相加了QQ,我一天到晚在上面挂着,是隐身;而他也一天到晚在上面挂着,是绝不隐身。我们有了一些对话,于是就有了更多的认识。慢慢的,我开始在他的"设计"下去读他的作品;慢慢的,我开始喜欢上他的作品;慢慢的,我开始有一点点上瘾,有时候有点累了,就到他的网站去读完他的一篇新小说,其间,乐得不可开交。不过这些,我都没有告诉他,我怕他会得意,呵呵。

在我的感觉里,他应该是个子不高,带点狡猾的微笑的聪明小男生,所以,当我真正地认识他,知道他是东北人,并且知道他已经工作了,我是狠狠地吓了一跳的。

再后来,知道他竟然也是所谓的"80后"作家,不禁又被狠狠地吓了一跳。

读过太多"80后"的作品,感觉鲁奇真的和多数的他们有很大的不同。他从不拿捏出一种悲天悯人的腔调去诉说成长的痛苦或是哀伤,也不用那些华丽或是难懂的词句来展示自己的才华,他只是保持着轻松的姿态，脱离那些自恋的情绪，去讲一个又一个鲜活的故事。从这个角度讲，我是不愿意将鲁奇称为"80后"作家的；如果硬要说他是"80后"作家，那他也是"80后"这个阴沉抑郁天空里的一束明媚阳光。

与众多的"80后"作家不同，鲁奇是一个题材十分广泛的作家，幻想啊惊悚啊什么的，他都写，而且写得相当不错，至今已连续三年获得《少年文艺》读者评选的"好作品"一等奖，海天出版社给他出版的一套三本的惊悚小说，销量相当不错。但他写得最好的，却是校园小说。平心而论，在国内的男作家中，像鲁奇这样能轻松驾驭校园题材的人并不多见。

鲁奇写校园很鲜活，宁不悔，苏美达……一连串听上去有些别扭却也有趣的名字，《卖书小贩遭遇书仙MM》、《我和我的小偷女友》、《我和校长的女儿是同桌》等等一系列无厘头的篇名，很容易吸引读者去一探究竟。除了这些与众不同的"包装"之外，我们不得不承认，鲁奇的故事本身也是极具吸引力的。他的故事里总有一根弦从一开始就吸引你不得不看下去，比如一个男生神秘失踪，后来竟听说是被困在了女厕所（《谁弄丢了苏美达》）；或者一个看似平淡而无聊的故事，一直讲到最后，突然出现一个让你意想不到的结局，让你内心豁然开朗，对作者不由得心生佩服。这一点，在鲁奇的很多校园小说里都得到了充分的体现，也可以说，这是鲁奇小说创作的一个最重要的特点。对成长中的青少年来讲，在这一个个生动的故事后面，无疑是一个温暖的启示，一张微笑的脸，一只指路的手。

有时候开玩笑，鲁奇会在网上叫我师傅，但我们都知道，这只是一个玩笑而已。鲁奇是一个很有主张并且坚持的男孩，无论是在写作上，还是在别的一些方面，他很坚持他自己的想法，不愿意去迁就或者说是迎合别人，对自己负责，对自己的文字也相当负责。从这一点来说，我倒有不少应该向他学习的地方。

没有见过鲁奇，挺搞笑的一次是，有一天他在 QQ 上问我何时能够到哈尔滨一见，而那一天，我刚刚从哈尔滨坐飞机回来。不过我想，见与不见都不是非常重要的，我们在彼此的文字里认识彼此，坚守着我们同样的理想，朝向同一个方向，就足够了。

最后要说的是鲁奇的勤奋。我也是一个写作者，深知写作的艰难和辛苦。和我不一样的是，鲁奇还要工作，但他一直很认真地在从事这一项他喜欢的事业。比如这一次的"校园幽默"系列，一出就是四本，很有点让别的作家羡慕和感叹的味道在里面。我相信他的努力会得到更好的回报，也希望他的书为校园文学原创的天空增添更多的亮色。

他会越做越好，这是一定的。

2012.6.9

目录 Contents

Chapter 1 结巴班长的生活状态

1. 结巴小虫苏美达 / 2
2. 关于"我爱你" / 8
3. 结巴的爱情条约 / 10
4. 令人疑惑的情书 / 12
5. 双层含义的忏悔录 / 14

Chapter 2 谁弄丢了苏美达

1. 神秘失踪事件 / 18
2. 他被困在女厕中 / 21
3. 我被"绑架"了 / 24
4. 他背上的女孩是谁 / 28
5. 苏美达的浪漫之旅 / 31

Chapter 3 蝴蝶飞出侏罗纪

1. 侏罗纪公园里的一条小鲨 / 36
2. 不能让苏美达命丧"鲨口" / 40
3. 每天一块蛋糕的青梅竹马 / 44
4. 西餐厅与蛋糕店的凝视 / 48
5. 小鲨变成一只美丽的蝴蝶 / 51

目录 Contents

Chapter 4 宁不悔的倒霉岁月

1. 家长会 / 56
2. 倒霉的一天 / 60
3. 长舌妇顾凌和结巴班长苏美达 / 62
4. 与黑蝙蝠亲密对话 / 65
5. 老爸老妈与"冰雪美人" / 67

Chapter 5 毛毛虫男生的赛车情缘

1. 虽败犹荣 / 70
2. 捡来的生日礼物 / 73
3. 24个假冒电话 / 75
4. 失主找到了 / 77
5. 苏美达的鬼主意 / 80

Chapter 6 咖啡式友情正传

1. 纯属偶然 / 82
2. 小安的预言 / 84
3. 幸免于难 / 86
4. 关于滑板的误会 / 87
5. 与狼共舞 / 89

目录 Contents

Chapter 7 我是爸爸的打工仔

1. 给爸爸打工的真相 / 92
2. 攻无不克 战无不胜 / 96
3. 开车不是玩游戏 / 98

Chapter 8 卖书小贩遭遇书仙MM

1. 卖书小贩误中"美人计" / 102
2. 卖书小贩大战书仙MM / 107
3. 深蓝眼镜的真实身份 / 111
4. 小贩和书仙握手言和 / 115
5. 做很好的朋友,但不要谈感情 / 119

Chapter 9 达达Q版《婴熊》

1. 自编自导自演 / 124
2. 小品正式开演 / 131

Chapter 10 军训遇险记

1. 为了子弹壳冒险 / 144
2. 子弹从头顶飞过 / 146
3. 闯入军事禁区 / 148
4. 意外的收获 / 152

目录 Contents

Chapter 11 苏美达的恋爱攻略

1. 将计就计 / 156

2. 图书馆的单刀直入 / 159

3. 我是一个大骗子 / 162

4. 我好像真的爱上了她 / 164

5. 两个班长一场戏 / 167

Chapter 12 看苏美达72变

1. 为谁而变声 / 170

2. 既要变声 又要变形 / 174

3. 跆拳道黄带男生 / 178

4. 变出一双运动鞋 / 183

5. 达达 快跑 / 186

Chapter *1*
结巴班长的生活状态

1. 结巴小虫苏美达

我叫宁不悔。

我的个子奇高无比，坐在最后一排，成绩平平，衣着随便；我好吃懒做，上网如痴，相信网恋，是"传奇"上的五十二级大法师；我善于发现别人缺点，酷爱追逐他人隐私，并以最快的速度传播出去，像一只躲在角落里窃听他人隐私的小虫子。许多男生像讨厌毛毛虫一样对我穷追猛打，企图一脚将我踩死，可至今没有任何一人能抓到我的把柄，将我置于死地。我是爬行缓慢的毛毛虫，一小时才能爬几米，但我长了一张快嘴（女生说这叫乌鸦嘴），广大女生因此送给我一个"八婆毛毛虫"的荣誉称号。

我对班上所有的人都不屑一顾，他们也对我嗤之以鼻。尽管有若干女生对我深怀爱慕，但为了不得罪那帮痛恨我的人，平时只好忍痛与我保持一段距离，用眼镜片旁的余光看我这只"小虫"。不过，背地里她们却无休止地向我传送小纸条、发匿名电子邮件，千方百计查到我的QQ号码，并变换不同号码加我。这虽然使我的虚荣心膨胀到了极点，但并没有引起我多大兴趣，因为我们班是典型的"侏罗纪公园"，丑女遍地，恐龙横行，使我每天都生活在心灵随时会遭践踏的危险境地。

自古英雄多寂寞，唉！

这样咸菜泡饭般的日子不知过了多久，直到有一天，苏美达出现了！

这个人的出现令我兴奋不已，因为我发现他是一只比我还要不起眼、比我更可笑的"小虫"。强烈的好奇心使我们很快惺惺相惜，成为知己。

呵呵,你可不要以为苏美达是女生哦！他可是个地地道道的男生，对于苏美达的出现，我的大弟子单小刀还作了酸诗一首：

　　学校必考试，

　　考试必排名，

　　排名必受伤，

　　受伤必流血，

　　流血必逃亡，

　　逃亡必遭殃！

单小刀这家伙总在我耳边像念经似的重复着这六句箴言，还嚷嚷着这是真理，我不信，他就说考完试你就信了。

果然，期中考试后，许多人还真的不同程度地证实了单小刀的真理。

虽然老师在考试前说不排名，但还是有人偷偷地排了名，排名后班里果然有人在家受了伤，虽然伤势不重，也至少被父母骂了个狗血淋头。受伤的弟兄中流血者有四五人；流血必逃亡者有两人，其中一个从东屋逃到西屋，算不上真逃亡，另一个则从家里跑到学校。这个从家里逃出来的家伙果然遭了殃，因为他的老爸找到学校来了。这位

应了六句箴言的仁兄,就是那个坐在角落里一天也听不到他一句话的苏美达同学,全班都叫他"哑巴小虫"。

这个快被同学们遗忘的人从此一鸣惊人,他所作所为的轰动效应不亚于歌坛蹿火的新星,令人叹为观止。

那天,苏美达同学被他那如美洲豹一样凶狠的老爸打了两个耳光后,嘴角流出了鲜血。于是,他连夜逃到了学校,因为他知道我们可敬可亲可爱的米星希老师会收留他。

逃到学校后,米星希老师见他脸也青了,嘴也流血了,垂头丧气地像个无家可归的小爬虫。米星希一时有点儿措手不及,苦口婆心地劝他回家,苏美达不同意,双手在屁股后面晃来晃去的,眼睛盯着地板,有种誓不离开老师半步的架势。

后来,米星希老师没有办法,只好答应他留下来。

当晚,苏美达和米星希老师挤在同一张床上睡了一夜。连女朋友都没有的米星希老师可是第一次和别人同睡一张床,不幸的是,这个人不是他未来的妻子,而是个逃难的学生。

第二天,米星希老师为苏美达买了洗漱用品和早饭,好一阵忙碌。苏美达后来跟我提起这事,无比感慨,看到老师用微薄的收入请他吃包子,感动得他差点儿痛哭流涕。

其实苏美达的成绩不错,名次也不低,全班第九,他老爸非逼他考第一,他没考第一,所以就只有挨打的份儿了。

中午时,苏美达老爸拎着两个大黑拳头气势汹汹地来到了学校。苏美达一听他老爸来了,吓得两眼发直,双腿发抖,连忙往桌子底下藏。而这时,他老爸已经到了楼梯口。情急之下,全班男生女生都行动起来,向他伸出了援助之手,为苏美达造了一堵人墙,那阵势平时只有在班级大合唱时才能看到,参差不齐的男女生站成一堆,那景象煞是壮观。当时,我就站在人群中,不过是靠后的位置,因为我比较贪生怕死。我身后就是苏美达。

他老爸见班里没有苏美达,就去找班主任米星希了。米星希把苏美达从头到脚夸了一遍(苏美达睡在他床上,夜里用脚后跟蹬他下巴的事却只字未提),米星希说在这么好的学校里能考上第九名已经是很不错的了,还给苏美达爸爸端茶倒水。

苏美达老爸人也直爽,张口就说:"我打过他了,也出了气了,今天,我不是来打他的!"说着,从背后掏出一个大饭盒递给米星希:"我是给他送饭的,他吃不饱饭会胃疼的!"

说完,苏美达老爸像侠客一样扭头就走,身后留下一串震耳欲聋的脚步声。

米星希回到教室,全班同学都在,他把苏美达爸爸拿来的饭盒交给苏美达。此时,苏美达已吓得满头大汗,嘴唇颤抖不止,后背也被汗水浸湿了一大片。

见老师来,苏美达以为他爸把老师顶撞了呢,赶紧来到老师面前:"老师,我爸……"

米星希明白他的意思,故意不说话。

苏美达见老师不说话就急了,脸红得像关云长一样,说话也不成句了:"老师——老——"苏美达张着嘴说不出下半句。

米星希说:"怎么?"

全班同学的目光都齐刷刷地射向了他,苏美达这时更着急了,像冻僵了似的张着嘴(呈"O"型),好容易闭上嘴后,上牙和下牙还直打架,又像是在咬什么东西,可就是一个字也吐不出来。

米星希又问他:"怎么了?"

全班同学的目光更加集中,似乎在附和老师问他:"怎么了?"

苏美达头上的汗珠已像雨点般往下砸了,全班同学都注视着苏美达,想听苏美达说话,他到底怎么了?

苏美达抬起手,"啪"地拍了一下他旁边的桌子,把一支圆珠笔震落到了地上,吓得几个女生一哆嗦。可他还是说不出话来,他又抬起手,"啪"地又拍了一下旁边的桌子,这次比上次更响了。他怒目圆睁,我以为他疯了,难道是想和米星希吵架?不是。看来看去,我突然发现,他的样子怎么那么像电视上说评书的呢?他不会是想来一段评书吧!

他开口了:"阿——吧吧——吧吧——扑——哧——滋!"

"你说什么?"米星希皱起眉头,我们也皱起眉头,像动画片里的人物,什么是阿吧吧扑哧滋呀!是日语吗?

苏美达又抬起手,这次不是拍桌子,是拍他自己的屁股:"我!我!我是说我——爸爸——不识字!"这回大家才明白他的意思,也终于明白了他这个人。

从此,一个可恶的名词正式在苏美达同学的身上诞生了——结巴苏美达。

2.关于"我爱你"

  自从在班里出了洋相后,苏美达的结巴变得越来越厉害了,上课老师一提问他,他的回答总是以"阿吧吧"打头,然后再满脸通红,张着嘴,把吃奶的劲都使出来说话,但终究还是说得驴唇不对马嘴,引起全班哄堂大笑。他每到这时都沉默不语,静静地坐下,我想他的心里一定很难受。

  他的结巴还有一个特点,就是在女生面前,结巴得更为厉害。

  一天,我和苏美达、单小刀几个人走在操场上,苏美达在前,我和单小刀在后。迎面走来了两个四班的女生,两个人都是既美丽又聪明的美女,尤其是走在前头的林宜甜,特别喜欢和男生说话,比老师还大方。

  单小刀说:"你看,好戏要开演了!苏美达准会结巴!"

  林宜甜是苏美达的初中同学,她像兔子一样活泼,背着手站在苏美达面前说:"嗨!上次同学聚会怎么没去?过几天还有聚会,你去不去?"

  也许是因为有我们在场的缘故,苏美达显得十分紧张,脸像喝了半斤白酒、十瓶扎啤一样红,张大嘴,没有说出一句话,只听到他的牙齿直打架。单小刀见此情景,笑嘻嘻地跑到苏美达身后,使劲地拍了一下苏美达的屁股，苏美达啊地大叫了一声。

林宜甜问："怎么了？"

苏美达这回说出话了，他结结巴巴地说："我——挨——依（我爱你）……"

我和单小刀听了这话，笑得前仰后合，单小刀因为笑得忍不住了，抓住身边的旗杆，使劲踢了几脚，把旗杆也踢得前仰后合的。

林宜甜装作听不懂，问苏美达："说什么？"

关键时刻，苏美达张着嘴，牙齿仍然打架，林宜甜的脸刷地红了。我以为林宜甜会马上翻脸，因为以前单小刀也曾对林宜甜说过和苏美达同样的话，结果是被林宜甜告到班主任那里，这事差点儿没让单小刀的父母知道。

我和单小刀像观看奥运会比赛一样，全神贯注地盯着眼前这两个人。林宜甜不好意思地笑笑，小声说："怎么随便就说出这样的话？让人一点心理准备都没有！"边说边和她身边的丁茶匆匆向操场另一边走去，满脸幸福。

我和单小刀都被这一幕惊呆了。单小刀抓住苏美达，拍了拍他的肩，说："佩服！我明天就认你做师傅！"

"我没说什么呀！我就是说了我不去的原因是我挨了老爸一巴掌，还没说完呢！"苏美达这回说话十分流利。

3.结巴的爱情条约

经过多方调查,我们才了解到,林宜甜对苏美达早就很有好感。单小刀断定林宜甜和苏美达是会进一步发展的,最近一段时间一定会有好戏看的,便时刻注意苏美达的动向。

这天,单小刀和我终于看到了惊人的一幕,是在学校旧楼的楼梯下面。我和单小刀在楼外的窗子下,苏美达和林宜甜在里面。

林宜甜含情脉脉地望着苏美达,小声地说:"你这么急着找我干什么?那天我已经明白你的意思了,你想告诉我也用不着在那么多人的面前说呀!叫人多不好意思!"

苏美达结巴了一下:"阿吧吧,其实……"随后传来苏美达脚步的声音,像是在来回思考问题似的,很多人管这叫做"踱步"。

林宜甜说:"还其实什么,我不需要任何原因!"

楼里的墙壁传出一声巨响,估计是苏美达为了说话而做的准备运动——踢墙。

"嗯!"苏美达清清嗓子,"我想说一句话,但一直不敢说出来,我怕你承受不了!"

单小刀和我不禁一惊,难道他会说那句时下最流行的"我是猪"或"借点钱"吗?

"没关系！你说吧！"林宜甜说。

"我想我们要以学业为重，我们做普通同学更好。我一直把你当成我最好的朋友。记得语文老师曾说过这样一句话，早恋是青苹果，不好吃，等果子成熟了才行。还有，就算是果子熟了，也不能轻易地吃，因为里面会有虫子，吃了会拉肚子，很危险的。好像是这么说的。"苏美达说话时一字一句坚实有力。

"可恶，我看你就像一条虫子，可恶的毛毛虫，臭烘烘的。"林宜甜大喊道。

楼里传出脚步声，估计这次是林宜甜，她也许是在寻找砖头一类的东西砸苏美达，可惜楼梯干净得连一粒沙子都找不到。

"啪"的一声，苏美达的脸被林宜甜重重地打了一巴掌，我和单小刀伸出脑袋，看到苏美达的头歪向一边，脸扭曲着。

"你是混蛋！我再也不理你了！"林宜甜又大喊一声，随后是哭声，最后是跑步的声音。我想是林宜甜跑了，走廊不长，三十多米，她是校短跑名将，估计几秒钟便可冲出楼门。

单小刀气得把拳头攥得格格直响："错过这么好的女孩子，就像错过一场世界杯球赛一样可惜，他真是傻瓜！"

"他才不是傻瓜，是傻虫子，这是大智若愚的表现。"我理解苏美达，我认为他是一个与众不同的人。

我们回到班里把这事和兄弟们一说，大家都为林宜甜抱不平，公认苏美达是个傻瓜。

4.令人疑惑的情书

接下来的几天,学校又考试又补课,同学们被折腾得像忙碌的蚂蚁。苏美达一心啃书,做起了"书虫",同学们也不再把苏美达的结巴当新鲜事了。

苏美达偶尔在校园里碰到林宜甜,林宜甜都是又往地上吐口水,又用她的美足向一群群无辜的蚂蚁踩去,口中还念叨着"可恶"二字,恨不得使出一招"必杀"式,将苏美达的"血"全部打干。苏美达不语,照常上课。

这天晚自习,苏美达正在埋头看书,丁茶横眉立目走进教室,径直走到苏美达面前,把一张纸"啪"地摔在了苏美达的桌子上;苏美达吓得一哆嗦,在场的男生女生也全愣住了!看样子,苏美达又要倒霉了。

苏美达的脸变成了猪肝色,他一见女生就脸红,就像我一见到漂亮MM就索要QQ一样条件反射,他是生理条件反射,我是心理条件反射。

"你看看,这是什么,你以为你跑得快我就抓不到你了吗?"丁茶眼睛直瞪着苏美达。

苏美达戴着眼镜,扬着脸,眯着眼,像琢磨几何图形一样看着丁

结巴班长的生活状态

茶（此情景让我联想到一个凶狠的美女一脚踩到可怜毛毛虫的后腿上一样，小虫痛苦地挣扎，但无济于事）。

我们大家都围了上来，争着看丁茶摔在桌子上的那张纸，单小刀极富兴致地念着："亲爱的丁茶！自从见到你的第一面，我就已经深深地喜欢上了你，我想这应该算是缘分吧！你那美丽的眼睛简直就是林心如、赵薇、陈慧琳、容祖儿的翻版，你窈窕的身材就像蔡依林……"词语肉麻得令人全身起鸡皮疙瘩。

最后落款是：最喜欢你的人苏美达。

大家都非常吃惊地看着苏美达，苏美达却一脸不关我的事的样子。

苏美达怎么会干出这种事来呢？我感到非常疑惑，我们亲眼看到他拒绝了林宜甜，难道他拒绝她的原因是丁茶？

丁茶说出了事情经过，十五分钟前，她正在班里上课，突然，一声脆响，丁茶旁边半开的窗子玻璃被打出了裂纹，一块纸包的石子落在了丁茶的桌子上。因为她们班在一楼，她又靠窗，石子朝她打来，先碰到窗子再弹到了桌子上。她向窗外一看，一个人影从树丛边隐去了，但她还能清楚地看到那人穿的衣服颜色。她打开信一看，是封肉麻的情书，落款是苏美达，于是追了过来。我们也感觉苏美达可疑，当时正是下课时间，苏美达恰好不在教室。

苏美达在丁茶的指责面前，又犯了结巴的毛病，"阿巴巴"不停，却说不明白一句让人听得懂的话，丁茶的话却是字字见血，咄咄逼人！

无奈之下，只有到学校政教处去评理了，因为不只是情书得破案，还有一块玻璃要苏美达赔呢！

5.双层含义的忏悔录

结结巴巴的苏美达说不清楚,班主任便将他先保释出来,让学校继续调查。苏美达这回成了不折不扣的伪君子,成了人人喊打的臭虫,连林宜甜都堵在走廊里审问苏美达,问他是不是喜欢上了丁茶。我们也疑惑,苏美达那天和林宜甜说的话是不是为了讨好丁茶。

对于这件事,我和单小刀是半信半疑,我们猜苏美达不会做出这么愚蠢的事,班里大部分同学也这么认为。可苏美达这些天对这件事却是冷处理,他几乎成了我们全班同学议论的焦点,谁也猜不透苏美达在想什么,在我们的心中,他越来越神秘,越来越像一部畅销书一样引人入胜。

一传十,十传百,苏美达不但没有名声扫地,反倒成了新闻人物,变成了女生心中的偶像,以至于有的女生说苏美达是学校里最酷的男生,连他结巴的样子都很酷。不少男生还盲目效仿,以此来引起女生注意,结果,事与愿违,不但没有引起女生注意,还患下了口吃的毛病,害得这些男生痛不欲生,追悔莫及。

一天,在学校的锅炉房,丁茶与苏美达不期而遇。丁茶抓住这短暂的时间,继续与苏美达展开舌战。苏美达无言,可丁茶却越说越有劲,似乎只有在数落苏美达的过程中才能感到身心愉悦。

单小刀见此情景，非常气愤："欺负结巴男生有罪。"

丁茶狠狠地瞪了一眼单小刀："少管闲事，小心我扁你！"单小刀感觉身上一激灵，转身就走，要知道丁茶这个麻辣女生是不好惹的。

丁茶仍然不依不饶，兴高采烈地数落着苏美达。

由于丁茶光顾着骂苏美达，忘了自己正在接开水的事，水溢出来都不知道。苏美达怕烫到她的手，就忙着去关水龙头。丁茶以为苏美达是要去拉她的手，占她便宜，下意识地手臂抖了一下。这一抖，水壶的水溅了出来，正浇到了苏美达的手上，苏美达的手被烫出了水泡。丁茶见此情景也不骂了，扔下水壶，扶着苏美达直奔校医室。

途中，经过学校楼梯口时，一个与丁茶擦肩而过的背影引起了她的注意，因为那个背影就是那天她在教室看到的窗外那个背影。那人她认识，是四班的娃娃鱼，一个专门喜欢写情书的怪人，追求过她，也追过林宜甜，她俩都将此人作为精神病看待，从未理睬过。

学校出面，找到娃娃鱼，他对所犯的事实供认不讳。犯事动机很简单，学习学不下去，言情小说看多了，暗恋林宜甜和丁茶，因为前几次写情书后，总被人臭骂一顿，这次想换种方式，听说苏美达这人挺傻的，就借用了他的名字。

苏美达为救丁茶而光荣负伤，丁茶惭愧不已，一个劲儿地向苏美达道歉，还写了一封三千多字的忏悔录在走廊里塞给苏美达。据说内容中心并不是什么忏悔，而是委婉地表达了一个小女孩对一个小男孩的崇敬与爱慕。又据说此忏悔录在苏美达的书桌里停留了三天后，便

不知去向,是被扔掉还是被珍藏起来不得而知。细节都是单小刀说的,他偷看过那封忏悔录。

此事像神话一样在学校里流传至今,苏美达成了学校老师家长公认的拒绝早恋的楷模。

班主任规定了新的班级干部制度,班长轮流当,每任一个星期,第一任临时班长由全体同学选举产生。选举后第二天,班主任便公布了第一任临时班长的名字:苏美达。

当老师宣布这个结果时,班里响起了热烈的掌声。苏美达昂着头,像一只迎着晨光爬上枝头的小毛毛虫,勇敢而可爱。

走向讲台,同学们都笑了,但这不是嘲笑,是发自内心的赞美,因为苏美达的确能胜任这项工作。

苏美达站在讲台上,脸通红,结结巴巴地说:"阿吧吧,请同学们多多关照,多支持我!"

说完,像遇到了狮子一样,跑回了自己的座位。

Chapter 2
谁弄丢了苏美达

1.神秘失踪事件

结巴班长苏美达失踪了!

这事儿是在他当上班长以后第一次组织郊游的途中发生的。

那天,我们班去"星海公园",那是一个面积很大的国家森林公园,距离苗寨很近,景色迷人,山水如画。

由于班里男女生比例严重失调,苏美达就因地制宜地进行了相应调整。班里男生有十六名,女生有三十六名,考虑到女生身单力薄,而且随身物品多得惊人,苏美达便科学地进行了合理搭配,组成十五个小组,每个小组由一名男生和两名女生组成,由男女生自由组合。他的安排令所有男生拍手称快——这是个极为有趣的调整。这样全班四十五人有了小组,可是却剩下了六名女生。不用说大家都会想到,这六名女生就是全班长相最丑的六位,她们的拎包任务自然就落到了班长苏美达的身上。

出发后,包括我在内的每个男生都兴高采烈,因为这次终于可以和心仪的女生套近乎了。

到达"星海公园"后,开始爬山,男生虽然负重前行,却个个像注射了兴奋剂一样玩命往山上跑,生怕身边的女生不满意。

苏美达被落在最后,因为他身上背了六个女生的东西。这六个女生基本上都属于完全无劳动能力的人，不仅长得超级难看，而且不是太胖就是太瘦；爬山时，不是身体被风吹得打晃就是步履蹒跚；而且事儿还多得数不清，不是反复从包里拿这拿那，就是走走停停，折腾得苏美达满头大汗。从山上向下望去，山腰上那一块五颜六色像调色板的人群，不用说就是苏美达他们。

到了山顶后，这六个女生还对苏美达吆三喝四，我们的班长苏美达简直成了她们的仆人，而他却始终一声不吭，毫无怨言，任劳任怨，使人不禁想到了雷锋同志。这六个丑女个个都想独占苏美达，让他为她们中的一个人服务，因此，他不是被叫到这儿，就是被叫到那儿。

下山时，班主任米星希清点人数，发现苏美达不见了。问那六个女生，她们却装得没事人似的，个个都说没看见。糟糕的是，苏美达的手机也打不通。

站在山顶，举目四望，雾海茫茫，不禁使人有点担心。

苏美达是一直和她们在一起的，怎么会突然失踪呢？难道这六个女生中有人没说实话？

为了方便记忆，我把六个女生简称1、2、3、4、5、6。

米星希问她们时，六人分别是如下这样回答的。

1说：苏美达失踪前，我曾让他去给我买了一个冰淇淋和两个果冻，然后就再也没有见过他。

2说：我曾让苏美达给我照了一整卷的照片，他给我照完照片就被3叫去了。

3说：我叫苏美达是因为我想让他去给我买索道的票，并找到一个可以换衣服的地方，因为我的衣服脏了，他做完这一切后被4叫去了。

4说：我叫苏美达没有什么事，是想让他陪我聊聊天，我想知道他喜欢林宜甜还是喜欢丁茶，因为，这是她们两人中的一个托我问的，他对此支支吾吾，刚要回答就被5叫走了。

5说：我找苏美达是让他帮我给××拿东西，再把××的东西拿给我，他把××的东西拿给我后，就被6叫走了（××是5的暗恋对象，××却不喜欢她）。

6说：我当时好像吃错了东西，肚子疼，急着上厕所，于是，我就让苏美达去帮我找厕所，他找了一圈说没找到，我就没有理他，自己去找了，他自己就走了……

这六个女生真是令我无话可说，也令老师米星希无话可说，你看看她们让苏美达干的都是些什么活儿！虽然苏美达人有点儿呆，口齿不是很灵活，但也不能这么折磨人家呀，难怪他会失踪！

这六个人到底是谁弄丢了苏美达呢？苏美达在哪里？

米星希老师很担心，苏美达呆呆的，可别出什么事呀！

2.他被困在女厕中

下午三点,米星希老师接到了苏美达打来的电话,他在山中,手机信号很微弱,米星希只听到苏美达结结巴巴地说:"我——我——我——在——女厕中!"

"哪个女厕中?"米星希老师再问,手机却挂掉了。全班同学愕然,苏美达怎么跑到女厕中?难道他偷窥女厕被人捉到了?

米星希老师不知道苏美达在哪个女厕中,就动员全班搜索"星海公园"中的所有女厕。

女生做这个自然没什么,进去看看就行了。

我们男生就困难多了,跑到了女厕门口,脸红脖子粗地喊一句"苏美达在吗?"然后快步离开,站到距女厕十余米远的地方,装作看风景,等着苏美达出现。如果没有人答应,我们就选择下一个女厕喊,那模样就像做贼似的。

我喊了三个女厕,未见苏美达出来,又到了第四个女厕。

我站定,对着女厕喊:"苏美达!"未闻响应,我又喊:"苏美达在吗?如果你在,快出来,老师都等不及了。"

苏美达没有出来,却走出一个二十多岁的漂亮女生。她狠狠地瞪了我一眼,扔下一句:"流氓!"

之后,又走出一个中年女人,气势汹汹地对我说:"喊什么喊,没看这是女厕呀?一个男孩子,怎么不学好呢?"

更可气的是,我刚要再喊,一个穿制服的保安捉住了我。他阴险地对我冷笑一声:"呵呵,我跟踪你好久了,总是围着女厕转!怎么,有所企图?跟我到公园管理处走一趟吧!"

看到他手中那擀面杖一样的电棍,我浑身像过电一样一激灵,担心他会用那玩意儿捅我。据说被捅上有可能会被电成傻子,分不清男女。我可不想那样,我还没有女朋友呢!

这样,我只好乖乖地跟他走了……

到了傍晚,米星希老师没有得到苏美达的消息,却接到了公园管理处人员的电话,因为全班已有四名男生被保安送到了管理处。保安捉到我们非常兴奋,都积极踊跃地向领导请功,声称捉到了四个变态狂。

米星希向他们说明情况后,把我们顺利领了出来。虽然遭遇误解,但寻找苏美达的行动还在继续。

天黑时,一个漂亮得令全班男生目瞪口呆的女生找到了米星希老师。她说有一个叫苏美达的男生托她来告诉老师,说不用找了,他明天早晨会回来的。

米星希问女生:"你在哪里看到苏美达的?"

"女厕所里!"

"他在女厕所里干什么?"

"谈恋爱吧!当时,他是从厕所的窗口伸出头跟我说话的,说话间,我还听到厕所里有女孩子的声音。所以,我认为那个女孩有可能是他的女友。"女生说。

米星希老师眉头紧锁。全班同学听到这个消息后,感到十分吃惊,也觉得十分失望,中途失踪的苏美达竟然跑到女厕里去谈恋爱,害得全班同学为他着急,真是令人气愤。

不一会儿,围在米星希老师旁边的男女生都走掉了,山顶上的小广场只剩下了我和米星希老师。突然"啪"的一声,我和米老师转过身,看到夜空中绽放出一朵绚烂的烟花。

"我不相信苏美达会去谈恋爱,他一定是遇到了意外的事情。"米星希对着烟花说。

"是啊,我也相信他,他不会无缘无故跑到女厕所,又和一个女生扯上关系的。"我自言自语地说。

"有点儿不合情理,我去看看。"米星希说着就顺着彩灯闪亮的山路向下走,他得不到苏美达的具体消息是不会放心的。

我跟了上去。烟花更多了。

3.我被"绑架"了

第二天早晨,依然没有苏美达的消息。住在山中的同学们一睁开眼睛就开始议论苏美达,那个女生对他的描述引起了男女生的无尽遐想。特别是那个只闻其声、未见其人,和苏美达同处一厕的女生更令众男生牵肠挂肚,甚至有人因此整夜未合眼。

昨天,我和米老师往山下走了一段,因为下雨又返了回来。回来后,我就开始想那个厕所中的女生到底是谁,长什么样子,以至于整夜未睡。

吃早饭时,米星希老师的手机响了。一看是苏美达的号码,米星希激动得将一只鸡腿吐到了地上,迅速接起电话:"苏美达,你在哪里?"

"我——我——我不知道,这里很、吧、吧、安全,我、我、我被绑架,吃不来了。"电话那头传出苏美达结结巴巴的声音。

"什么?你说什么?"米星希老师的汗水都掉到了汤碗里。

"死不来了——"苏美达的舌头像打了卷,听不出个所以然来。

电话突然断掉了,米星希再打苏美达的电话,他的电话已不在服务区内。

我们站在米老师旁边,清清楚楚地听到了苏美达的全部通话。我自认为是全班唯一能完全理解苏美达结巴语言的人，便匆匆地将他的话分析了一下，结果把大家吓了一跳，我翻译后的苏美达的话是："我不知道，这里很不（在苏美达口语中，'吧'当'不'讲）安全，我被绑架了，我出（'吃'当'出'讲）不来了。"

最后一句"死不来了"，我翻译成"死不回来了"。

说实话，我也不知道苏美达确切说了什么，但为了引起米老师的注意和树立我在女生中的威信，我不得不胡说八道一番。结果，这帮人信以为真，一个女生还不断向我抛媚眼，小声说："你好帅，连这么乱的话都能翻译出来！"

米老师对我的一顿瞎编照单全收，马上与公园管理处取得了联系，称有同学被绑架。同时，他发动全班同学继续展开营救苏美达同学的行动。

女生们一听到"绑架"这个词，个个攥紧小拳头，兴奋得眼睛直冒绿光，有的女生甚至尖叫道："哇，好刺激！米老师好有头脑，他一定是和苏美达计划好的，这可能是郊游的一项活动内容吧！"

听到她们的话，气得我差点儿晕倒。女生真是奇怪，瞎起哄！真替苏美达感到悲哀，平时被同学们戏弄，现在被绑架了还被当成游戏！

营救行动开始后，我就有点儿后悔了，心里七上八下的，惴惴不安。我真不敢保证翻译苏美达的话是否正确，我这么一翻译，搞得全班都紧张兮兮的，真是有点儿对不住大家。特别是米星希老师不断地用极为信任的口气问我："你感觉苏美达的话里会不会有其他的内容？"我不知如何回答，只好"嗯啊"地埋头走路，心里暗骂自己长了一张臭嘴。

我跟在米老师身后忧心忡忡，往后看了一眼，看到那六个女生紧跟在我们后面，也个个愁眉苦脸，像QQ号被人盗了一样。我悄悄地走到她们后面，偷听她们六个人说话，她们竟然没有注意到。

1小声说："苏美达真是笨透顶了，一个大活人竟会走丢，害得大家跟着遭罪！"

2说："我感觉他人挺不错的，为我照相，他差点儿掉进河里，他的失踪我有责任。"

3说："我倒觉得他不怎么地道，别看说话结结巴巴的，心里鬼着呢！和其他男生没有什么两样！我让他帮我找换衣服的地方，他却给我找了一个四面漏风的破公厕，这样他偷窥起来才比较方便啊！怪不得会被困在厕所里，还被'绑架'！"

4说："我认为他有点儿呆，不对，应该叫痴呆！问他喜欢哪个女生还支支吾吾，我猜他肯定没有谈过恋爱，如果他喜欢上哪个女生，一定会非常专一……"

5说："你不会喜欢上苏美达了吧！我觉得他很成熟、聪明、睿智，是一个好班长。他为我给××传递东西后，一句都没有多问，其实他心里明白我想的是什么！他可以做我们最好的朋友，至少，他不像宁不悔那样乌鸦嘴，知道点儿破事儿就乱讲一通！"

啊？5竟敢这样说我！气得我真想骂她两句，但看到5那狗尾巴草一样单薄的身体，气又消了一半儿。

6接过来说："苏美达丢了，我有责任……"

6说了一句就不说了，她低着头，眼泪掉了下来。

我发现6有问题，就走到她旁边，小声问她："你知道苏美达在哪儿？"

"我不知道，但我知道一些事情真相。"6说。

"什么真相？"米老师不知道什么时候已经站到了我们旁边。

"我一直挺讨厌苏美达的，我听到他结结巴巴地说话，心里就不舒服。昨天，我让他去帮我找厕所，就是想捉弄他，让他离我远点儿，没想到，不一会儿，他就回来了，告诉我厕所找到了。"6说。

"昨天，你不是说他没有找到厕所吗？"米老师说。

"我撒谎了，我怕大家埋怨我。他说找到厕所了，我就让他带我去——那间厕所在一条小路边，是移动公厕。我说害怕，让他帮我看看厕所里有没有小动物什么的。然后他就帮我看……他打开厕所的门进去，我就用力把门一推，在外面把门钮拉上了，然后，我就跑了。当时，我感觉很刺激，我没有听到苏美达的求救声。我跑了好久才停下来。这时，我突然想到那间公厕好像没有人管理，如果发生什么意外，苏美达可怎么办呀？这样我又返了回去，可是，却发现那间公厕不见了，连苏美达的影子都没有看到。我又找了一会儿，一无所获，以为他会自己回到班里，结果，回来后，我才得知，他失踪了……"

"难道苏美达真的被人绑架了？"我有点不知所措。

"有点像，但还不能确定。"米星希老师接着说。

4.他背上的女孩是谁

米星希老师接到了公园管理处同志的电话,他们说有人昨天看到了苏美达。

我和米老师来到管理处时,我再次惊呆了,因为那个据称见过苏美达的人也是个漂亮MM,而且要比昨天那个MM漂亮几倍,白皙的皮肤,楚楚动人的大眼睛,给我一种眩晕的感觉。

我有点儿怀疑苏美达这家伙是否真的失踪了,怎么总是弄些漂亮MM来通风报信?

女孩说,昨天她在山上时,遇到苏美达背着一个长发女孩往山下走。后来看到管理处的公告中说,失踪的苏美达是个结巴男生,所以她想起来,当时她和苏美达擦肩而过时,她听到苏美达对女孩说:"阿吧吧——你害痛吗?"长发女孩嗯了一声,苏美达又问:"多多多圆啊?"长发女孩道:"不圆。"苏美达又说:"你还能爱我多久?"长发女孩撒娇地说:"我不知道。"

米老师听完,问我:"你应该能够翻出来吧?"

我连忙点头,因为我看到了面前漂亮MM注意的目光,便清了清嗓子,又开始胡说八道:"苏美达话的意思是:你还痛吗?……多圆啊(指月亮)!女孩说不圆,后一句是谈情说爱的话,不用我翻译了吧?"

"算了,你觉得苏美达背上的女孩会是谁?"米老师问我。

"应该是厕所里的那个吧?那就应该是苏美达的女友。"我说。

"不会的,苏美达对谈恋爱不感兴趣,怎么会有女友?"米星希有点疑惑。

走出管理处时,我和米老师发现门外竟然站着那六个女生。她们关切地问苏美达怎么样了,能找到吗。

我故作深沉地摇摇头,几个女生都像霜打了一样,我惊讶这几个女生怎么突然对苏美达这么关心,她们以前不是对苏美达都有点看不起吗?

不一会儿,我发现了问题的原因,因为我看到她们的背上都背着个大大的包。男生都不爱理他们,苏美达丢了,没有人给她们背东西,这才想起苏美达的好来。

米老师又一遍遍给苏美达打手机,结果都是无信号。

许多同学都已经回到了班级驻地,他们依然欢声笑语,完全忘记了苏美达失踪这件事,男生依然悠闲地打扑克、看游戏书,女生三五成群地围成一堆吃零食,或者是交换某某帅哥的 QQ 号码,偶尔还会发出一阵爆笑!

6个丑女中的3,就是那个说苏美达要偷窥她的那个,突然冲着人群大喊一声:"你们还有没有同情心?苏美达失踪了,你们还有心思玩,他可是我们的班长!"

3的声音从她肥胖的身体飞出后,变了形,极为难听,引起了所有同学的注意。

全场鸦雀无声,男生女生都齐刷刷地望着她,大家第一次听到3

这么大声地说话,感到很吃惊。

这样过了一会儿,不知谁说了一句:"你是不是喜欢上苏美达了?"

然后,全场一阵变味的笑,3 的脸立即变得像夕阳一般红彤彤,随后眼泪就掉了下来,她冲着人群喊了一声:"苏美达丢了,你们也不会有好下场,你们不去找,我去找……"

说完,一个人气冲冲地向山下走去,其他 5 个女生也跟了上去,再后来,全班男女生也都跟了上去,大家似乎都意识到了,我们不能没有苏美达,他是班里的一分子。

5.苏美达的浪漫之旅

正当全班浩浩荡荡向山下开进时，迎面走来两个苗族男女。

他们哼着歌，是《非诚勿扰》男女嘉宾牵手成功后的那首歌——《梁山伯与朱丽叶》："我爱你你是我的朱丽叶／朱丽叶／我愿意变成你的梁山伯／幸福的每一天／浪漫的每一夜／把爱永远不放开／I love you／我爱你，你是我的罗密欧／罗密欧／我愿意变成你的祝英台／幸福的每一天／浪漫的每一夜／美丽的爱情祝福着未来……

他们都穿着华丽的苗族服装，那个满头银饰的苗族女孩，个子很高，长得非常漂亮，走过我身边时，我发现她在看我，嘴还张着，好像要和我对歌一般。

我不由得心头窃喜，对着她傻笑，苗族女孩见我傻笑，突然冲我吐吐舌头，说："流氓！"

"你骂人！"我生气。

"谁骂你了！"苗族女孩气势汹汹，我不由得瞧了一眼她身边的苗族男人，他虽然低着头，但我可以想象他们平时舞刀弄剑的样子，看来不好惹，我没有再理那女孩。

苗族男人站定了。

我刚走几步，突然想起那个苗族男人有点儿眼熟，他步子很慢，

像木头人似的,好像不会走路,怎么看他穿苗族服装这么别扭呢?而且,他的肩上还背着一个大大的牛仔布书包。

这时,不知谁喊了一声:"苏美达!"

苗族男人慌乱地抬起头,结结巴巴地说:"谁、谁、谁、叫我?!"

同学们一拥而上,原来这个像模像样的苗族男人竟然是苏美达,他怎么会在这里?怎么会穿上苗族服装?

男女生争先恐后地拉扯苏美达的苗族服装,好奇地问:"在哪儿买的呀?借我穿几天吧!"女生也尖叫着:"我也要穿!"

苏美达换好衣服后,才结结巴巴地说出事情的经过——

6让他去看女厕中是否有小动物,他就照做了,结果被6锁在了里面。

他借着昏暗的光线,看到女厕中竟然躺着一个女孩,女孩是中暑晕倒的,脸色灰白。一会儿,女孩苏醒过来,见苏美达站在她身边,以为他是流氓,就和他大吵起来,还抓破了他的脸。苏美达想到老师会很着急,就给米星希老师打了电话,说他在厕所中。

当时,女孩很虚弱,他怕女孩出事,就叫住过路的一个女孩,托她顺路告诉老师不用担心,他想把女孩送到安全的地方再返回学校。

过路女孩帮忙开了女厕的门,之后,苏美达就背起中暑的女孩向山下走。途中,他得知女孩是附近一所高中的学生,家住在苗寨,由于天气太热,厕所里空气又不流通,所以在厕所里晕倒了,而且腿还扭伤了。

苏美达背女孩下山的途中,他们之间的交谈,并不是我翻译的那个意思,原意是,他说你还痛吗(指扭伤的腿),多远啊(指离苗寨),你还能挨过多久(指,还能坚持多久,并不是我所理解的"你还能爱我多久")。

苏美达在把苗族女孩送回苗寨的途中，还掉进了河里，他和女孩的衣服全都湿透了。女孩的父母很热情，留他住了下来，还请他吃饭、喝酒。第二天，由于苏美达的湿衣服未干，又为他找了一套苗族服装换上，他给米老师的"求救"电话也是那个时候打来的，真实意思是这样的："我不知道这里是哪儿（他不知道苗寨的具体位置），这里很安全（中间的'吧'是因结巴多说的，没有具体意思），我在贝方（苗族女孩的名字）家，出不来了（不是死不回来，意思是回不了班级驻地了）。"

贝方怕苏美达迷路，亲自送苏美达回来。

贝方来到了米星希老师面前，说："对不起，米老师，你们一定很着急吧！都是因为我，苏美达同学才……是我把他弄丢了！你们还能在这里待几天？"

"我们今天就走了！"还没等米老师说话，我就抢了上去，满脸堆笑地说。

"那太遗憾了，我本想请你们去我们苗寨玩的，看来只有下次了！"贝方突然变得凶巴巴的。

贝方和米老师说了几句话就要走了，她走之前，对苏美达说："要记得我们的约定哦！"

苏美达此刻正忙着帮其他男生试穿苗族衣服，结结巴巴地说："好、好、好，我知道的。"

"欢迎你们下次来苗寨玩！"说完，贝方跳跃着向山下走去，身上的银饰发出悦耳的脆响，回荡在山间。

我站在原地，向贝方大喊："你在哪个高中？我可以给你写信吗？"

"你去问苏美达吧！他全都知道！"苗族女孩贝方消失了，消失在了茫茫的雾海中。

女孩走后，苏美达成了焦点，男生们对他花言巧语，企图骗取女孩的地址，但都没有得逞。后来，我问他和女孩的约定时，他仍然只字不提。

但不久以后，大家都猜到了那个约定，因为苏美达收到了女孩的来信，信封上有两个地址，一个是苗寨的，另一个是一所高中的，他们的约定应该就是写信给对方吧？

谁也不知道信的内容。

据为苏美达取信的女生透露，在信封的背面，有一行很小的字，写的是——"你是我的罗密欧"。

无论信的内容是什么，我们感觉都不重要，因为信封上的字是一句歌词，更是一种肯定。

至于他是谁的罗密欧，只有未来的他才会知道。

苏美达会再见到贝方吗？谁也不知道，也许几年以后，他们会在大学校园里遇见，开始另一个故事，那个时候，苏美达还会结巴吗？

Chapter 3
蝴蝶飞出侏罗纪

1.侏罗纪公园里的一条小鲨

我们谁也没有想到,那个班里最丑的跛脚女孩竟然是苏美达的儿时玩伴。

发现这个秘密要从我说起。我喜欢给别人起外号,更喜欢把突发奇想的新外号先告诉苏美达,而他总是一笑却不置可否。可是,当我提到"侏罗纪公园"里的"小鲨"时,他却脸色一变,有点儿气愤地说:"人、人家又没张口咬你,干吗给人家起名叫小鲨?"

我是第一次看到可敬可爱的苏美达班长生气,他认真的样子像对待一道难解的数学题。看来有问题,我决定逗逗他:"怎么?怜香惜玉?喜欢上小鲨了?她可是班里有名的丑女哦?"

"哪、哪、哪有?你快说为什么叫她小鲨!"苏美达说。

"好吧,我讲给你听,侏罗纪公园知道是什么意思吗?"我装腔作势地说,苏美达傻乎乎地摇摇头。看到他无可救药的样子,我决定传授他一些真功夫了。"知道那六个丑女吧?就是上次爬山玩命祸害你,后来又猫哭耗子假慈悲的那几个?因为巨丑无比,所以说,在网上是'恐龙'级别的,恐龙生活在什么年代?"

"侏罗纪!"苏美达说。

"这就对了,六只'恐龙'喜欢待在一块,所以,我就叫她们为侏罗纪，小鲨因为长得比较小巧，体积与恐龙不符，充其量也就是条鲨鱼，所以，我叫她小鲨。"我说。

"哦？那也不好，小鲨毕竟是来借读的同学，而且腿还有残疾，这样叫她不好，我们应该多关心她才是。"苏美达拿起饭缸起身向食堂走去，竟没意识到自己也口称小鲨了。

此刻，我跟在苏美达后面去食堂，心里却有种不祥的预感，因为苏美达对人太好，他对别人的好总会节外生枝，惹"祸"上身。不行，我决不能让小鲨靠近苏美达半步，我要避免苏美达命丧"鲨口"。

到了食堂，苏美达突然不见了，这令我在这"人山人海"的地方伤透了脑筋。现在还是吃饭要紧，先不管他，于是我以最快速度抓住了排队的"长龙"尾巴。不到两分钟，我的后面又排起了一条看不见尽头的长龙。我正在沾沾自喜时，看到离我两步的距离，苏美达正伸长脖子向食堂的窗口望，更令我吃惊的是，苏美达的肩上还搭着一只手！

我的心顿时一片黑暗，不好，是"鲨鱼"！

她的手掌轻轻地拍着苏美达的肩，她的眼镜几乎顶着苏美达的背，我在心中大喊：离苏美达远点！

我大喊一声："苏美达！"

他没听见，我身后的一个恐龙级别的女生却听到了，她愤怒地用饭缸坚硬的壁捅我，嚷道："快往前蹿，你不着急吃饭，还不让别人吃呀！"

我给她一个白眼，心里纳闷一个女生怎么长到这种地步！

不能再等下去了，我拔腿就向苏美达冲去："苏美达，和我换一下，我有事，着急。"

苏美达点头答应,换到我原来的位置,小鲨看到我挤了上来,张开大口差点没吃掉我。

吃饭时,我和苏美达坐在一张桌上,小鲨和其他五个丑女坐在对面。

我边吃边乐,苏美达问我乐什么,我说你等会儿就知道了。

不一会儿,对面桌上传出女生的惊叫声:"这是哪个缺德鬼写的?"

我猜她们是看到我写在纸上的"侏罗纪"。

女生的惊叫,引来几个男生,他们都是我的同伙,拿起桌上的纸就念:"侏——罗——纪,怎么没有恐龙呢?"

小鲨马上接过来说:"有,在这里!"

说着,小鲨就从椅子上撕下一张恐龙贴纸,其他女生也在各自的椅子上看到了恐龙贴纸。

这时,我的那个同伙就亮开公鸭嗓子,大叫道:"大家快来看啊!坐在这里的都是恐龙!"

食堂里所有男女生听到"恐龙"二字,都把耳朵支棱起来,直勾勾地看向那张桌上的六个女生。我从他们那兴奋的眼神中可以看出,他们对做出这个壮举的男生是多么钦佩呀!终于有人可以站出来指认恐龙了!

六个女生呆若木鸡,无地自容。

食堂里发出一阵阵此起彼伏的讥笑声,我扶着桌子笑得肠子都痛了,就趴到了苏美达身上。

苏美达问我:"你做的?"

我点点头,脑袋依然埋在他的肩上,这时我听到他一声大喊:"宁不悔!"

"啊！"我抬头，看到小鲨正站在我身边。

还没等我反应过来，小鲨就把一张恐龙贴纸拍在了我的脸上，接着，其他五个女生也以迅雷不及掩耳之势攻击我，不一会儿，我的脸上已遍布绿色恐龙，更可气的是，小鲨还在我的胸前贴了一张白纸，上面的字是"猪猡记"。

转眼一看，苏美达已不知去向，我心中大呼：苏美达，你早晚有一天会被"鲨鱼"吃掉的。

2.不能让苏美达命丧"鲨口"

　　果然不出所料,苏美达这个让人恨铁不成钢的家伙很快就被小鲨俘虏了。

　　当然,这不是偶然的。首先是小鲨的漂亮妈妈出面,她找到苏美达的爸爸,酒色兼施,弄得直率的苏美达爸爸一时找不着北,对小鲨妈妈的要求一概爽快答应:"苏美达是班长,有义务帮助同学!"之后,小鲨妈妈找到老师要求换座位,希望小鲨可以坐到苏美达旁边,但由于苏美达的同桌誓死不换座位,米星希老师只好把小鲨调到了苏美达后面,从此,苏美达的噩梦就开始了。

　　小鲨是个跛子,是从遥远的青岛来这里借读的。她是音乐特长生,最擅长的就是拉小提琴,她的目标是中国音乐学院。因此,她每天除了上课外,还要去找音乐老师练琴。

　　这天,小鲨上完课去练琴,要求苏美达陪她去。

　　当时我也没有什么事,就强烈要求一同去,傻乎乎的苏美达满口答应,小鲨却气得眼珠子直往外冒。

　　到了音乐教室,老师不在,我们就坐在那里等,不知是不是小鲨给苏美达吃了什么药,他坐下来就开始哈欠连天,当时已是黄昏,一条长椅上坐着我、苏美达、小鲨,苏美达坐在中间。

我知道苏美达一打瞌睡就会流口水,所以,我决定折磨一下小鲨。

苏美达的脑袋向小鲨歪去,小鲨的脸腾地红了,只向苏美达瞧了一眼,就装作没事似的,把脑袋扭到一边,她是多么盼望苏美达把头靠在她的肩上呀!

好吧,我成全你们。

我轻轻地用手推着苏美达的肩,他的头慢慢地向小鲨倾斜,就这样,苏美达的头顺利地搭在了小鲨的肩头。

小鲨当时穿着粉红色的上衣,她双手抱着小提琴,低着头,看着墙壁,就像在为这一刻祈祷。

苏美达似乎已进入梦乡,闭着眼睛边睡边吧嗒嘴,像一条肥鲤鱼。

我目不转睛地看着苏美达,等待那令人兴奋的一幕。

不一会儿,我就看到有一条小溪从苏美达口中流出,一滴滴淌到了小鲨粉红色的漂亮T恤衫上,小鲨被湿透的感觉弄得一惊,不禁"呀"的一声,肩膀抖了一下,苏美达的头顺势从她的肩头滑落下来,落到了小鲨那白色的裙子上,苏美达那满是口水的臭嘴在小鲨的裙子上重重一"吻"。

随之,苏美达也突然醒来,看到了小鲨肩上、裙子上的污渍,顿觉羞愧难当。"对、对、对、对不起!"他边说,边用双手擦嘴边的口水,反把自己弄得像只"花脸猫"。

小鲨无话可说,怒视着我。这时,老师来了,小鲨走进了音乐教室,不一会儿,房间里传出悠扬的琴声,那是《G弦上的咏叹调》。美妙的琴声,使我的心渐渐平静下来,真没想到这个小丑丫头竟然还能拉出这样美的琴声来……

这时,有两个美眉从我身边走过,她们手里也拿着小提琴,而且

她们的一举一动都是那么楚楚动人,我小声对苏美达说:"以后,我天天陪你来。"

"原来高手就是她呀!长得好丑哦!"其中一个漂亮美眉说。

"人不可貌相,听说她的小提琴在全省得过第一名,如果不是出了意外,她是不会来我们学校借读的。"另一个美眉说。

她们的话引起了苏美达的兴趣:"她出了什么意外?"

"你们还不知道吗?她的父母出了车祸,汽车落入了大海,连尸体都没找到!"美眉张大嘴巴,露出一排参差不齐的牙齿和一条闪亮的光环,我仔细一看,原来这个女生戴着牙套,简直惨不忍睹,我当即低下头,却看到她那满是黑乎乎汗毛的小腿,看来这个美眉是第一眼美女,第二眼霉女……

"啊?"苏美达一惊。"她的妈妈不是前段时间来学校的漂亮阿姨吗?"

"那不是她妈妈,是她小姨。"女生说话时,裙角飞扬,汗毛小腿让我想到猪蹄,我马上移开目光,去看走廊里的垃圾筒。

我抬起头时,发现苏美达不见了。

小鲨练完琴出来时,也未见苏美达的踪影。小鲨问我苏美达去哪儿了,我说不知道。当时,天快黑了,我决定自己送小鲨回家。

这是我平生第一次送女生回家,却没有想到是这么丑的一个。

见她抱着琴,一瘸一拐地跟在我后面,我突然感觉心里一阵酸楚,但我没有表现出来。我看看她那被苏美达弄脏的裙子,开玩笑地说:"苏美达一定是吓跑了,怕你咬他!"

"他才不会呢!我也不会咬他,我想咬死你!"说着,小鲨就抡起小提琴打我。我连忙躲开,她停手站在原地,说:"我才懒得打你呢,我怕碰坏我的琴，还是等等苏美达吧！我想他会回来接我的。"

等了好久，还是不见苏美达出现，小鲨的手机响了，她的小姨催她回家了！

我骑车送她，她一声不响地坐在我后面。路过一个露天啤酒冷饮广场时，小鲨拍我的肩："看，苏美达！"

"哪里？"我停下车，看到苏美达正坐在啤酒广场的一角，他的旁边坐着他那漂亮的同桌沈文婷，他们在喝冷饮，不知道苏美达对沈文婷说了什么，沈文婷笑得手舞足蹈。

原来，他根本就没有把小鲨放在心上，他喜欢的人是沈文婷。

小鲨拍了拍我的背，说："走吧！"

我用力踩了一下车子的脚踏板，开动了！

途中，我感觉到小鲨的头靠到了我的背上，湿湿的，暖暖的，她哭了，没有声音。

回来时，啤酒广场已经空无一人，我想小鲨心里一定很难受，我决定明天要教训一下苏美达。

3.每天一块蛋糕的青梅竹马

第二天,我迟到了。

走进教室时,我惊呆了,小鲨竟然坐到了苏美达旁边,而沈文婷却成了我的同桌。

小鲨的脸上露出了甜美的笑容,上课时,小鲨给我传来小纸条,上面写着:谢谢你昨天送我回家。不要教训苏美达了,是他请沈文婷让出位子给我的。

下课时,苏美达才结结巴巴地告诉我,昨天他花掉了一个星期的零用钱请沈文婷吃东西,还答应下次班委会换届时,提名她做班里的文娱委员,这样,沈文婷才答应和小鲨换座的。

星期五,小鲨告诉我,说她的小姨请我和苏美达去她家玩,还要请我们吃蛋糕。

我一听蛋糕口水就往外流,因为我从小就最喜欢吃蛋糕了,我连声答应:"明天几点?"

"早晨九点,我小姨休班,你们要准时哦!来晚了蛋糕就被我吃掉了!"

"没问题!"我笑着说,嘴咧得老长。苏美达认为我样子太夸张:"别弄得像大灰狼一样,不就是蛋糕吗?小时候,幼儿园老师总做给我们吃!"

"是吗？你小时在哪个幼儿园！"我有点兴奋。

"我舅妈单位的一个直属幼儿园，在青岛。"苏美达说。

"青岛？小鲨也是从青岛来的呀……"我心想，青岛那么美丽的地方，怎么会出现这么两个生理有残缺而心地善良的人呢？

星期六，我和苏美达来到了小鲨家。

小鲨的小姨很年轻，一点也看不出是四十岁的人，怪不得苏美达爸爸会被迷倒。

小鲨的小姨很热情，她是蛋糕公司的经理，对做蛋糕的工艺十分内行。在她做蛋糕的时候，我们来到小鲨的房间，小鲨给我们看她小时候的照片。最吸引我的是那张幼儿园的毕业合影，她坐在第一排，双手托腮，撅着嘴，好像很生气的样子。我就把照片给苏美达看，我小声对他说："你看，她小时候的样子就很像一条小鲨鱼哦！"

苏美达看到照片，一下子愣住了，他紧张地夺过照片，大声地对我说："你、你、你怎么把我的幼儿园照片拿出来了？"

"这是小鲨的！"我纠正道。

"啊！"苏美达张大嘴巴，"她和我竟然是同一个幼儿园毕业的！怎么可能？"

这时，小鲨来了，她瞪大眼睛看着苏美达："你小时候叫什么名字？"

"苏小风！"苏美达说。

"那你还记得我吗？我是小白，蛋糕小白！"小鲨兴奋得口水都差点流出来。

"小白，小白？"苏美达张开双臂，似乎要去拥抱小鲨。

在这紧要关头，我一个箭步冲上去，拦在他们中间，坚决不能让苏美达命丧鲨口："还是说说你们的故事吧！"

他们之间的故事一点新意都没有,大概意思就是小时候在幼儿园,小苏美达超喜欢吃蛋糕,小鲨的妈妈又总是喜欢每天带一块蛋糕给小鲨,结果,小鲨把妈妈的蛋糕都送给了苏美达,苏美达还向小鲨承诺长大以后会娶她。

我真没想到,苏美达小时候就是一个骗子,专门骗人家小女孩的感情。

从小鲨家出来后,苏美达对我说:"我好像喜欢上小鲨了!"

我惊讶得差点从车子上掉下来:"真的?"

"是呀,大概是吧!但我不会说出口的,我要帮她学习,支持她考中央音乐学院。"他说完就把车子骑了出去。他的速度好快,我追上他时天开始下雨了。我们站在路边的一家音像店旁躲雨,有一首歌轻轻飘来:

你让我生命有光辉/就像一轮美丽的满月/第一次拥吻的瞬间/感觉认识了一千年/幸福明明很强烈/却不自觉/难过流泪/梦见毒药在唇边/而你崩溃在我胸前/……

梦见我石碑都哭裂/狂风里你变成蝴蝶/前世还爱不够才会再约/今生绝不让悲剧重演/只要爱得够坚决/时间空间都穿越/前世最伤的终点/今生化作感动的起点/绕的路太远不后悔/我们是最美的轮回/罗密欧就是梁山伯/祝英台就是朱丽叶/所以我们在手臂/有胎记长得像蝴蝶/……

第一次拥吻的瞬间/感觉认识了一千年/幸福明明很强烈/却不自觉/难过流泪/梦见我心都被撕裂/匕首冰冷了你的脸/梦见我闭上双眼/我们变成一双蝴蝶//

——S.H.E《侏罗纪》

4.西餐厅与蛋糕店的凝视

小鲨似乎已经明白了苏美达的用意,她开始努力学习,努力练琴,完全忘记了自己是一个很丑很丑的女孩。可是,那个受了苏美达一时恩惠而放弃领土的沈文婷总是怨声载道:"那么丑的女生也配和苏美达坐在一起。"

她边说边用小拳头砸着桌子,甚至还用拳头砸我的头,只要我一惹到她,她就挥起螃蟹爪子掐我,拿我出气。每当我疼得叫出声时,就看到小鲨转过头来对我笑,虽然称不上回眸一笑百媚生,但也算是有一点安慰。

暑假很快就来了,小鲨告诉我们她要去打工,而打工的地点是处在闹市区的卡布其诺西餐厅。

那个西餐厅的老板主动找到小鲨,他说从同学那里得知她的小提琴拉得特别棒,希望她可以成为西餐厅的小提琴手,至于收入多少,那是个秘密,小鲨没有告诉我们。

几天后,小鲨就去西餐厅上班了,我和苏美达无所事事时会站在西餐厅外看小鲨。由于腿的问题,她走路时,会往上一蹿一蹿的,偶尔会引起台下的嘲笑,但她并不在乎这些,依然卖力地拉琴。她的琴声为西餐厅招揽了很多客人。

蝴蝶飞出侏罗纪 Chapter 3

小鲨下班时，我和苏美达会去接她，苏美达始终不言不语，我问他在想什么，他也不说。有一天，我们把小鲨送回家后，他对我说："小鲨的腿就永远不会好吗？"

"我不知道啊，这是医学上的问题。"

"哦！告诉你一件事，明天我也要去打工了。"苏美达说。

"啊？你要打工？去哪儿呀，不会是什么唱歌一类的吧？或者站在专卖店门口大声招呼客人那种吧？你可要知道……"我突然发现自己又说错了话，不知道有没有伤到他。

"我知道我是个结巴，但是，我可以找一些不用嘴的工作呀！比如蛋糕店……"

"你不会是到卡布其诺西餐厅对面的斑斑狗蛋糕店打工吧？"

"正——正是那家，我去打零工，你有空要多来买蛋糕哦！"苏美达脸红了。他知道我已猜到他的用意，他去那家店打工就可以透过窗玻璃看到拉琴的小鲨了，而且接她回家也方便。

第二天，苏美达就穿上了白色的工作服，在蛋糕店里忙碌了。

假期漫长而无聊，我除了学习，就是去苏美达打工的蛋糕店旁的网吧上网，玩传奇。

苏美达和小鲨会在工作的间歇，站在街两边对视，两个人都不说话。苏美达是不敢说话的，因为他怕一说话，就会被别人发现他是个结巴。

有一次，小鲨感冒了，在医院里躺了三天，苏美达每天都会送一块斑斑狗蛋糕给她吃。小鲨吃蛋糕的时候总会拿出印着斑斑狗的贴纸来玩，边玩边自言自语地说："苏小风，你会永远都对我这么好吗？"

小鲨出院那天下大雨，我和苏美达送她回家。途中，有一段路被

雨水淹没了，苏美达就背起小鲨。小鲨张开双臂，挥舞着她那把旧的小提琴，她的脸都被雨水淋透了。她大声地说："苏小风，我要把小时候你骗我的蛋糕都抢回来！"

苏美达点头。

"你要天天送给我斑斑狗蛋糕吃！"

苏美达依旧点头。

在小鲨家门口，我和苏美达要离开时，小鲨突然冲了过来，抱住了苏美达。

苏美达吓得浑身直抖，结结巴巴地说："这是干吗？这是干吗？"

我历来都是个善良的男孩，所以，我伸出手臂给他们撑伞！

雨继续下，耳边又响起那首歌：

你让我生命有光辉／就像一轮美丽的满月／第一次拥吻的瞬间／感觉认识了一千年／幸福明明很强烈／却不自觉／难过流泪／梦见毒药在唇边／而你崩溃在我胸前／……

小鲨哭了，哭得一塌糊涂，苏美达想挣脱小鲨的拥抱，却被小鲨死死地抱住。

后来，我听到小鲨说："两个月后我就要离开了，去美国治病……"

5.小鲨变成一只美丽的蝴蝶

开学后,小鲨依然坐在苏美达旁边,依然刻苦地学习。她的成绩直线上升,大家都惊讶丑小鸭小鲨的名次怎么突然跑到了大家的前面!

米星希老师开始在班里提起小鲨的名字,令许多女生嫉妒得不行。特别是沈文婷,她一生气就掐我,弄得我身上伤痕累累,搞得回家后总被老妈盘问,是不是又和谁打架了。

有一天,沈文婷突然对我说:"你知道吗?小鲨的爸爸是个大老板,嗷嗷有钱!"

"瞎说什么,小鲨的父母在青岛的车祸中丧生了,怎么会冒出个大老板爸爸呢?即使有我也知道是谁!"我说。

"谁?"沈文婷惊讶。

"鬼。"

"我不是和你开玩笑,昨天放学时,我亲眼看到小鲨被一辆奔驰接走了,他爸爸长得好帅,有点像金城武。"沈文婷说。

小鲨的爸爸不是死了吗?怎么突然又冒出一个爸爸呢?

我马上把这个消息告诉苏美达,他听后也感觉不可思议,特别是昨天,小鲨连声招呼都不打,就独自离开!有点不对头!

这天,我和苏美达路过一家西餐厅的时候,亲眼看到小鲨、她小

姨和金城武式的男人坐在一起吃饭,这更令苏美达摸不到头脑。

"难道那个男人是小鲨的小姨夫?"我说。

"怎么会,小鲨的小姨夫不是×大的教授吗?教授怎么会这么有钱呢?"苏美达突然变得不结巴了。

"我知道了,那就是小鲨的前小姨夫,或者说她小姨的前夫,再或者,就是小鲨的小姨红杏出墙,这个男人是第三者。"

"行了,还、还红枣出墙呢!我们还是问问小鲨吧!"苏美达说。

第二天上学,苏美达还没有问小鲨,米星希老师就来了,他向大家宣布参加全市中学生乐器大赛的名单,第一个就是小鲨。

小鲨听后兴奋不已,对苏美达说:"我争取在去美国前拿到这个大奖。"

"好、好啊!"苏美达本想问那个男人的事,却把话生生地吞了回去。

已是秋天了,一片片金黄的叶子被风吹进了教室,吹到了苏美达面前,叶子落到了他的斑斑狗钱夹上。这个钱夹是他在蛋糕店打工时,老板送给他的。钱夹中放着假期打工的钱,只有薄薄的几张。但是,苏美达却对这几张纸币许下了愿望:他想带小鲨去医院做一次检查。这样他的心才会踏实一些,至少他能知道,小鲨的腿是否能治好。

苏美达不知道什么时候向小鲨提这件事好,我告诉他最好不要说,也许小鲨的神秘爸爸早为她安排好一切了。

时间飞速流逝,转眼间,一个月过去了,全市中学生乐器大赛也来到了。米星希老师组织全班同学去为小鲨加油,一路上,苏美达没有说话。我想,他心里一定很难受,因为比赛过后,小鲨就要去美国了。

千人大礼堂里座无虚席,主持人报幕后,穿着蓝色百褶裙的小鲨慢慢走上了台,她每走一步身体都会向上蹿一下,台下出奇地寂静,没有嘲笑声，没有窸窣声，只有一双双充满鼓励的眼睛注视着她。

她轻轻拿起小提琴，挥起琴弓，美妙的乐音便像水波一样荡开，这首曲子叫《蝴蝶飞出侏罗纪》，是小鲨自己作曲的，一个个音符像一只只美丽的蝴蝶，扇动彩色的翅膀飞向阳光，飞过每个人头顶，飞进每个人心中……

此刻，小鲨在大家眼中已不再是那个丑小鸭女孩，她已变成了一只美丽的蝴蝶。

小鲨走下台时，全场响起了热烈的掌声，她被评为此次全市中学生乐器大赛的第一名。

三天后，小鲨登上了飞往美国的飞机。临行前，苏美达送给她一把崭新的小提琴，琴的背面刻着几个小字：苏小风送给蛋糕小白。

直到小鲨离开，苏美达都没有问她关于神秘爸爸的事情，他说，知道与否已经不重要了。

最后，还是小鲨的小姨告诉了我们真相。

那个长得极像金城武的男人是在卡布其诺西餐厅认识小鲨的，是美国一家地产公司的经理。他为小鲨的琴声所感动，也很同情小鲨的经历。当他来到小鲨家，见到小鲨小姨时，他惊呆了，因为他和小鲨小姨是十几年未见的老同学，而且上学时，还与小鲨爸爸是最要好的朋友。

最后，他决定带小鲨去美国治病，这需要一年的时间，一年之后，他会亲自送小鲨回来。

"小鲨一年以后会回来？那正是高考的时候呀！"苏美达又兴奋起来。

"是的，小鲨说她要回来高考，回来和你们一同进入考场！"小鲨小姨说。

三天后，苏美达收到了小鲨来自美国的电子邮件。

苏小风：

　　自来到班里的第一天，我就认出了你，认出了我寻找了十几年的苏小风，但是我不敢相信自己，不敢确定苏小风就是你，也不敢向你表白。因为我是一个很丑很丑的女孩，还有残疾，我知道自己没有资格和你走在一起。苏小风，你要记住我，好吗？永远永远地记住！记住有个深深喜欢着你的女孩，记住蛋糕小白。

蛋糕小白

　　收到信那天，苏美达在卡布其诺西餐厅的门口伫立了好久好久。街对面的蛋糕店老板看到他感到非常意外，亲自端出一块斑斑狗蛋糕送给他。他不动，我拉他，他也不动。

　　我就对他说，再不动，我就把蛋糕吃掉了。

　　结果，他还是不动。

　　后来，我看到苏美达的眼睛湿润了。

　　看来我当初的预料没有错，苏美达现在是完完全全被小鲨吃掉了，他的心已葬鱼腹。

> 第一次拥吻的瞬间
>
> 感觉认识了一千年
>
> 幸福明明很强烈
>
> 却不自觉
>
> 难过流泪
>
> 梦见我心都被撕裂
>
> 匕首冰冷了你的脸
>
> 梦见我闭上双眼
>
> 我们变成一双蝴蝶

——S.H.E《侏罗纪》

Chapter 4
宁不悔的倒霉岁月

1.家长会

如果说一个人注定要倒霉,那么不管他怎么努力去摆平所有的事情,终究还是摆脱不了倒霉蛋的命运。

就像老哥我,虽然心地善良,聪明睿智(自认为比苏美达要强得多),但近阶段十分不顺,像条毫无自我保护能力的"软体动物"。先是年初滑冰摔伤,个把月缠着绷带上学,接着追某女生追到其家门口,可她仍不为我的诚心所动。当我转身要离去时,却见一个高大威猛的女人立于我的眼前,我像小鸡一样被拎起,又被其狂扇了两大耳光,在狮吼般的"快滚,小流氓"声中蹒跚回校,后来才得知此女人为那女生的老母。至于脸上的"五指山"我不敢声张,在我父母面前只能说是打架打的。

再后来,事情更为不顺,先后丢款三次,损失两百多元;又因追女生被男生狂扁两次,遭劫一次,被洗劫一百多元。如果是普通的被打劫,便也无所谓,因为很多人都曾遭劫;可我这次是被女生所劫,而且那个女生还是个绝色的美女。那个美女比我矮一头,晃着手中的刀子对我说:"帅哥,不把钱交出来我就把你毁容,永远都不会有女生理你。"

那个缺德美女走后,我摸着我那个瘪瘪的口袋,连跳黄浦江的心都有了。

到了上个月，不幸的事情仍然在我的身上上演着。我专门用来钓美眉的 QQ 号码又被盗走了，其中有对我仰慕已久的很多美女，而其中有人声称要与我同生共死，非我不嫁。这下好了，美女们一定都被那个盗我号码的人承包了。老天，为何对我这般不公啊！

直到前天考试结束，家长会到来之际，我真正感觉到倒霉的升级，因为我那个惨不忍睹的成绩使我成为一个真正意义上的倒霉蛋了！我像所有考塌的孩子一样，独自一人在城市的街头流浪。

到底让谁去为我开家长会呢？哥哥姐姐？不行。苏美达告诉我这次一定要父母亲自到场，思来想去，经过近一个小时的思想斗争，我最终决定让老妈完成这一光荣而艰巨的任务。

老妈最疼我了，与爸爸的语言暴力相比，妈妈只会说一句："下次考好便是了。"然后摸摸她可爱儿子的头，事情便算了结。可老爸不同，他的语言暴力比打我屁股还让我受不了，他和《大话西游》里的唐僧差不多。我宁愿自己被别人做成一道美味的"虫餐"，也不愿再在老爸的口水河中做一条苟延残喘的"水煮虫"。

我把家长会的事和老妈一说，老妈一口答应，第二天一大早便去开家长会了。

我在学校的门口等着老妈出来。

老妈出来后对我说："不悔啊！怎么搞的，我怎么向你爸交代呀！"我拉着妈妈的手说："就这一次，下一次我一定会考好的。"边说边假装流眼泪，老妈见我这般痛苦便答应为我隐瞒事实。

晚饭时，我一声不吭地吃饭，老爸看了看我，又看了看老妈，说："家长会如何？"

老妈说:"这次考得不错,前十名,有进步!"

老爸若有所思地点点头,看了看我,说:"不悔,不要得意啊!有什么事可千万不要瞒着我呀!"

我没有抬头,心跳个不停,难道老爸知道我成绩的事了?不可能啊!成绩是昨天出来的,他今天怎么就会知道呢?不管知道不知道我还是装糊涂为好,这是我第一次在亲爱的老爸面前隐瞒成绩(第30名),没事的,挺一挺就过去了,我安慰自己。

2.倒霉的一天

这一天,我想了一早上也想不明白老爸的心思,他到底知道不知道我考试成绩的事呢!

坐在大巴里,我依然这样想,中途上来一个女孩,她一上来就坐到了我的旁边:"宁不悔,今天这么早啊!"

"没有刷牙,没有洗脸当然早了!"我露出一排整齐的牙齿给她看。

她是顾凌,坐教室第二排第四座我右边又二人的女生。

"昨天睡得可好?"顾凌眯着眼睛问我。

"很好啊!我从不失眠!"我说,"为什么问这么奇怪的问题?"

"看你的脸色昨天一定睡得不好,是不是有什么大事发生了?"顾凌神经兮兮的。

走进校门时,顾凌突然转过身面向我,说:"你今天的脸色真的很不好,一定要看医生啊!"

"是的,谢谢你的关心。"说完,我便匆匆跑开。真是倒霉,世上唯美女和长舌妇难养也!

上课,做题,做操,打篮球,体育课,去网吧上网,趴在教室窗台上数美女……一天过去了。

晚上,老爸和我一起坐在电视机前看球赛,30号球员进球了,他突然对我说:"30号球员,你进球了吗?"

我被老爸问得一愣:"什么30号球员呀?"

老爸腾地从沙发上站了起来,手里紧握着一个茶杯,里面是上等的铁观音。

"你和你妈还想瞒我吗? 30名,一个月才30天,你竟然考了第30名! 你一天无所事事,除了上网就是追女孩子,追到人家家门口,被人家老妈一顿暴打,还回来撒谎说是和某某打架了! 胆小如鼠,竟然被女孩打劫都不敢还手! 学习一无是处,你说你还能干什么! 想当年……"

爸爸每到这个时候就开始痛说革命家史,我不语,一连串的感叹句、陈述句、祈使句从他的口中喷涌而出,弥漫在整个房间里。做他的儿子,真是我今生之大错,我一动也不敢动,老妈已不知去向,我想她大概是躲到卫生间里呕吐去了吧!

"……你看人家顾凌多好……"

"顾凌!你怎么知道顾凌?"我问老爸。

"不知道顾凌怎么知道你的成绩,她爸和我是同事,难道你不知道吗?"

"我就是这个样子! 怎么了? 我只会追女孩和上网! 我尽力了,可我还是学不好啊!"我边说边后退,一直退到我自己的屋里,进屋就冲墙角倒立,把自己像画一样倒贴在墙上,两个脚跟狠狠地踢墙上的条幅,那上面书写着"少小不努力,老大徒伤悲"。我生气的时候就喜欢倒立,唯有如此才可慢慢解除我心中的怨气,才能磨炼我这只"虫子"的意志。

3.长舌妇顾凌和结巴班长苏美达

  我关起门来上网,老爸只允许我一周上一次网,这回我才不听呢,我愿意上几回就几回!以前聊天的时候爸妈喜欢站在一边看,我无所谓,可是今天我不喜欢他们那么做了。上了QQ,还真有一个人在线,就是黑蝙蝠,一个十分美丽而可爱的女孩(我想象的)。

  我说:"今天心情很躁,我没有考好,我爸骂我。"

  "那他也太不近人情了吧!"黑蝙蝠说。

  "我想离家出走!"我说。

  过了很长时间,黑蝙蝠说:"那你带够钱了吗?"

  我想说自己曾经赚下一笔钱,还够一时之用,但是存的定期存款,还有一个星期才可提出来(纯属胡编,其实我是个穷光蛋),便说:"可是我现在没有钱,存款还没有到期。"

  黑蝙蝠说:"我可以借你。"

  她借我,鬼才信呢!不过,这个女孩倒挺幼稚,也许会是个美女,有空也许可以见一见。至于出走,其实我还不想;我只想躲开老爸一段时间,我认为这样他的气会消一些的。

  早晨,我上学时,老爸一声不吭地站在门口喝茶。这时,老妈气冲冲地从门里走了出来,手里拎着一个大包:"儿子,我们走吧!"

老妈拉着我的手就要走。老爸急了:"你们去哪儿!"也许老爸以为老妈是要回娘家呢!

"干什么?我去上班,这是我给我妈拿的衣服。"

老爸这才放下心,我忍不住有些想笑,老爸说:"笑什么笑,还不去上学。"

在学校里看到顾凌,我不和她说话,她也不和我说话,她大概猜到我已经知道她告密的事了。我和她并排往教室门外走,我看她不顺眼,就故意挤了她一下。她的身子一斜,便倒在了一个男生的怀里。看着顾凌面红耳赤、无地自容的样子,我乐得合不拢嘴,总算是报了一箭之仇。然后大摇大摆地往外走,还没走多远,我就被人叫住了。

我回头一看,正是刚才接住顾凌的那个小子,结巴班长苏美达,他以前对我很好,最近不知为什么竟然与我疏远起来。

我说:"干什么?"

苏美达结结巴巴地说:"我教教你怎样对女士客气一点。"他的语气像电影对白一样好玩。

像顾凌这样的长舌妇还算是女士吗?怪哉!

我感觉苏美达严肃的样子很好笑,就说:"别装了,我可不怕你哦!"

没想到,苏美达这家伙竟然来真格的,他伸手来抓我的头。

之后的内容,很明了,我和苏美达抱成一团。不,应该是滚成一团,因为我俩从教室的一侧滚到另一侧。路过的邻班同学以为我们班在表演节目,争先恐后黑压压地把教室门口堵得水泄不通。

教室里的桌子一排排倒下,我和苏美达还在地上滚。滚啊!滚啊!一直滚到了班主任米星希老师的脚下。

  免不了被老师一顿批评,当米星希老师问及原因时,苏美达结结巴巴地说我挤顾凌,我就说我不是故意的,由于我这个人有比较强的狡辩能力,加上苏美达有严重的口吃,最终我获无罪释放。我乐不可支。

  更让我乐的是,我听说,竟然有人传言我和苏美达是因为争顾凌而大打出手的。学校里的事真的有趣。其实,我知道苏美达和我打架的意思,他主要是看我最近很散漫,想教训我,可惜,他不是我的对手。

  我得出了一个真理:不要为了一个女孩打架,这很不值。还是黑蝙蝠比较好。

  我打算见她,最近我一直倒霉,也许见了她就不会倒霉了。

4.与黑蝙蝠亲密对话

我这回决定真的给老爸一个教训,让他也知道没有我的滋味,于是晚上放学后我就没有回家,去了一个离学校很远的网吧。老爸老妈找不到我,这回该我大玩一场了。我在网上又遇到了黑蝙蝠,她还是那么善解人意。我向她述说了我最近的很多不快,此时此刻,只有她才能安心地听我述说呀!

我:"我不想上学了,他们真的很烦。我离家出走了。"

黑蝙蝠:"是吗?那你的钱够吗?"

我:"当然够了,我今天从银行里提出来的。"

我想我在女孩面前亮出金钱这张王牌,她一定会爱上我的,谁说我追女孩子不成功,这一次一定行的。

黑蝙蝠:"那么好啊,你的钱都是从哪儿来的?"

我:"当然是我自己的了,我可以和你见面吗?可以和你共进晚餐吗?"

她沉默了一会儿,我想她大概是在想到底吃什么,她会接受我的邀请吗?我的心咚咚地跳个不停,一秒钟、十秒钟、二十秒钟过去了……

我:"你还在吗?"

黑蝙蝠："对不起，我在给我妈打电话，我想我可以见你。"

我和她约定在网吧东边第二条街的左数第五个路灯下见面，由于我去得相当早，来到路灯下，见她还没有到，便躲到一家通宵超市里，透过玻璃注视着那个路灯。

过了一段时间，只见一个穿黑衣、戴墨镜的苗条女生走到路灯下，翘首四顾。她一定是黑蝙蝠，谁说我追不到美女，这不是美女是什么，我的倒霉日子看来是真的要过去了。于是，我便昂首挺胸大步走向前去。

她上下打量我一番，我的目光也在她的身上肆无忌惮地扫来扫去，果然是美女，我心中暗喜。路上的车子很少，整条街只有我和她。

我看到她微微地点了点头，看来她真的是看中我了。这时，我突然感到身后有脚步声，由远而近，而且好像还不是一个人，我刚想回头看，肩膀已被人死死卡住，我知道身后已站稳了两个男人。黑蝙蝠向我慢慢走来，掏出一把刀子，放在我的脖子上，另一只手开始熟练地搜我的口袋，边搜口袋边说："帅哥，不把钱交出来我就把你毁容，永远都不会有女生理你。"

老天，原来她就是上次打劫我的那个女生啊！

我像刘胡兰一样被两个男人架得死死的，我不能说什么。黑蝙蝠搜了一会儿，只弄到几十块钱，便问我："你不是说带存折来的吗？"

我说："那是我编的，用来骗小女生的。"

他们三人见从我身上再也弄不到一分钱，便分别在我的肚子和脸上照顾了三拳两脚，然后扬长而去……

5.老爸老妈与"冰雪美人"

我被打得鼻青脸肿。如此惨相,哪还敢回家,思来想去,只好取出事先藏在鞋垫里的钱继续上网。刚一上线便有人加我,一个名叫冰雪美人的女生,和我是同校,我向她哭述了我被一个女生打劫两次的惨痛经历。她说没有关系,她也曾经被一个男生误会两次。我告诉她我已经没有钱了,她说可以借给我,为了安全,让我早晨在学校右门旁边的食杂店里等她。我又想起了晚上那令人心惊胆战的一幕,便有些犹豫,但转念一想,学校旁边的食杂店,既是熟悉的地点又是白天时间,她不会是骗我,况且我与店老板很熟。于是,我下定决心,最后一次见网友。

早晨八点,我准时来到学校旁边的那家食杂店。推门进去时,我愣住了,因为老爸老妈还有顾凌都在里面,还有班上的几个同学,以及曾和我抱成一团的结巴班长苏美达。

我无地自容,我明白了,在网上和我亲密聊天的人竟然是顾凌。

老妈看到她的儿子如此之狼狈,悲喜交加,痛哭流涕,一边拉着我的手问寒问暖,一边埋怨站在一边的爸爸。

我说:"爸爸,我不会再隐瞒成绩了,你要相信我。"

爸爸点点头:"我相信你,可你怎么成了这副样子?"

我斜眼看了看顾凌,不知如何是好,难道能对老爸说我被一个女生两次打劫吗?

我对顾凌说:"谢谢你昨天和我说了那么多的话,我真的很感谢你。"

顾凌一脸诧异:"我没有和你说话啊!你记错了吧!"

顾凌这人就是喜欢开玩笑,到这个时候还不承认帮我。

老妈说昨晚我没有回家,把老爸急得团团转,四处打电话也找不到我,以为我真的出走了,不知道怎么才能找到我,于是,老爸就决定上网去找我……

我抑制不住自己的吃惊,便对老妈说:"难道老爸是……"

"我就是冰雪美人,你上网的时候我偷偷记下了你的QQ号码。"老爸一脸通红。

老天,这也太离谱了吧!冰雪美人是我老爸!可是昨晚我还在网上迫切地问他有没有男朋友,可否考虑我一下,还吹嘘自己如何英俊潇洒!可是这一切竟都是老爸所为。

老爸说:"其实我只负责打字,话题的内容都是你妈想出来的。"

我只觉得两腿发软,两眼发黑!家里有电脑的孩子们可要注意了,父母并不像我们想象的那样对电脑一窍不通。

Chapter 5
毛毛虫男生的赛车情缘

1.虽败犹荣

初夏,我花言巧语从老爸那里弄来了一辆新自行车,决定自此以后再不受那挤公共汽车的痛苦。车子到手后没几天就开学了,苏美达得知我有了自己的车子,兴奋地对我说:"我们、我们这回是一个战壕的战友了。"

我不解地问:"我们还会有敌人不成?"

苏美达听了我这话很痛苦地讲起他一年来的骑车经历。苏美达和我住在一个小区,我们的家到学校只有三站地的距离,可苏美达每天到学校却累得像条白眼死鱼,这都是因为邻班那个骑车飞快的女孩宋思嘉。她也住在这个小区里,每天骑车上学都会把苏美达落得很远,其实,落下就落下呗!宋思嘉偏偏要在她班同学中笑话苏美达骑车像毛毛虫,走路像蜗牛。苏美达知道后也气得火冒三丈,就结结巴巴地给大家讲了网上听来的笑话,说有一只蜗牛在散步,突然一只乌龟从他的身上跑了过去,蜗牛当时就吓傻了,之后,就当着其他蜗牛说:"昨天我看到一个飞碟从我头上飞过,好快呀!"

宋思嘉知道后也气得火冒三丈,继续在班里大讲苏美达是如何蜗牛,于是,苏美达就天天拼命骑车要超过宋思嘉,到现在汗水流了三四吨仍然追赶不上。

我听完苏美达的血泪控诉，顿觉义愤填膺，一个黄毛丫头竟然这么猖狂，我决定为苏美达出这口恶气。

骑车上学的第一天早晨，我和苏美达把车子从车棚推出后就到小区门口等宋思嘉。我又伸胳膊又踢腿，进入战备状态；苏美达在旁边为我鼓劲。他说我这次若真超过宋思嘉为他出气，就请我吃肯德基；我大方地摆摆手，说自家兄弟不用这个。

过了一会儿，宋思嘉出来了，她趾高气扬，旁若无人，看都不看我俩一眼便骑车走了。

苏美达气得捶胸顿足，像只发怒的大脚猩猩，骑上车便追。宋思嘉刚开始并不快，发现我们后，她的速度就像灌了一百升汽油一样变得飞快。见她加快了速度，我暗想："哼，你灌一百升汽油我就灌两百升，还跑不过你了不成！"于是，我疯狂地蹬车，然而使尽了浑身解数，仍被宋思嘉落下三辆车的距离，看来，还真不能小看她！

忽然，宋思嘉的速度慢了下来，我一阵窃喜，噢，她的体力支持不住了，让她逞能，这回知道我的厉害了吧！我仿佛看见一大排鸡翅和汉堡包冒着香气在等着我呢！冲！

就在我被即将到来的胜利冲昏了头脑的当儿，只听咣当一声，随即我和车子都像喝醉酒似的摔在了马路上，屁股被摔得火辣辣地疼……原来，我光顾盯着宋思嘉的背影忘了看路，自行车在箭一般地射出去后撞在了前面一辆奇瑞QQ汽车的屁股上。白白地挨了司机一顿臭骂后，我一只手揉着可怜的屁股，一只手推着自行车气急败坏地到了学校。苏美达说这次虽未追上，但我们的实力得到了证明，虽败犹荣，他要请我吃肯德基，争取下次追上她。我恼火地说："你把肯

德基店买下来我也不追了。"这次经历真让我颜面扫地,因为那一幕全被宋思嘉看到了。

我终于明白,我们和宋思嘉的速度差距,就是"小虫"和"蝴蝶"的差距。

2.捡来的生日礼物

在经过那次惨痛的事件后,我和苏美达没有再玩命地追宋思嘉,骑车变得小心翼翼,生怕再挨一顿臭骂。苏美达心里仍不服气;说有朝一日要让宋思嘉心服口服;我说别想了,那样会自找苦吃。其实我心里更不服气,真想用钉子把宋思嘉的车胎戳成鱼网状,看她还威风不威风?

几个星期后,我的生日到了,苏美达说我们应该换一种心情,不能亏待了自己。放学后,他拉我来到路边的一家礼品店,说要为我这段时间与他的并肩作战给点奖励。他指着那些什么老虎、大熊让我挑,我问老板有没有长耳朵狗,老板说卖完了,我只好垂头丧气地走出礼品店。

苏美达抱怨说:"买什么不好,干吗非要买狗,我看你是有'恋狗倾向'。"

我说:"什么'恋狗倾向',这是有原因的。"

我向苏美达讲起原因。八岁那年冬天,爸爸给我买来一条狗。小狗很可爱,成了我知心的伙伴。可是,一次小狗横穿马路,被飞驰而来的大卡车撞飞了。我看着血肉模糊的小狗几乎哭昏过去,为此还大病一场,体质自此孱弱起来。这也是以前老爸老妈一直不同意我像其

他男孩子一样骑自行车上学的主要原因。而自那以后我对狗却有一种再也说不清的感情,可是家里却再没有养过狗。

苏美达听后很感慨地说了一声:"真是'人狗情未了'!"

我和苏美达回到家时天已经黑了,我们推车刚走进小区门口,苏美达小声说:"你看,那是什么?"我低头一看,墙根下有一团黑乎乎的东西在移动,等那小东西移到灯光下时,我看清那是一条黄色的长毛狮子狗。我兴奋得两眼直放光,不知说什么好,苏美达眼疾手快,双手抱起了那狗。他四下看了看,催促我说:"快把书包打开,快!"我说:"这样恐怕不行吧?"

苏美达有些不耐烦:"嗨,有什么不行的,这又不是偷的,怕什么,我们收养它,就当是我送给你的生日礼物!"

说着,苏美达硬把狮子狗塞进了我的书包。

我回到家,把狗塞到了床下,没让老爸老妈看见。小狗似乎很懂事,它一声不吭地吃我喂它的东西。我满心欢喜,真是踏破铁鞋无觅处,得来全不费工夫!没想到,在晚上我睡意正酣时,狮子狗"汪汪"地吠起来,老爸老妈横眉立目地冲进我的房间,害得我在墙角站了小一个钟头不敢动,最后老爸斩钉截铁地指示,要么把狗送回它真正的主人那儿,要么直接把它从阳台上扔下去,总之,不能留在家里。

第二天一早,我无可奈何地给苏美达打电话,商量能不能把狗送到他家去(他爸妈都出差了,一个人独守一百多平方米的空房),苏美达很痛快地答应了,不过随即又提出了一个条件,他让我骑车继续追宋思嘉。我知道自己已到了山穷水尽的地步,为了心爱的狮子狗,对他的不平等条约也只好接受了。

3.24个假冒电话

我把狮子狗塞进书包里,提心吊胆地从楼下的小公园走过,生怕它叫起来,小狗还挺合作,我们顺利地到达了苏美达家。苏美达见我焦急的模样什么都没说,他这人其实不大喜欢狗的。

当天早晨,在小区门口,我履行了自己的诺言,做完"热身"后就等宋思嘉出现。当宋思嘉从我和苏美达身边款款而过时只看了我俩一眼,表情很是淡漠。

苏美达幸灾乐祸地说:"她肯定昨天考试考砸了。"

在路上她骑车出奇的慢,我很轻松地就追上了她,我一点成就感都没有,苏美达也说没劲。

在学校,苏美达和我经过一番商量,我们觉得还是把狗送还主人比较好些,因为过几天苏美达父母就要回来了。可是,如果大摇大摆地把狗牵到楼下,那一定会有人冒领,最后,还是苏美达想出了好办法——写招领启事。我说太老套,他说试试不妨。于是放学后,我们便把"招领启事"贴到了小区门口的宣传栏里,全文如下:

本人15日下午6点30分下班途经小区门口时,拾到一条名贵狮子狗,此狗品种极为优良,本人虽不才,却在革命家庭中长大,从不

为金钱所动,特贴此启事,请失主尽快与我联系,半月内如未与我联系,本人将把狗送至动物保护协会。

联系人:苏先生宁先生

联系电话:×%%×￥$#%(苏先生家电话)

启事贴出后,出乎意料地引起了轰动。第二天是星期天,我对爸爸妈妈撒谎说去苏美达家写作业,于是当起了宁先生。

很快第一个电话打了进来,我兴冲冲地拿起电话:"喂,你好,我是宁先生。"电话那头是个声音很粗的男人,张口就是:"狗哪?狗哪?"我只好答话:"在这里,在这里。"狗本来是金黄色的长毛,那人却说成棕色的短毛,我一听是假冒的,便把电话挂了。第二个电话是个女人:"我的毛毛是不是在您那里呀?它有没有尿床?我这宝贝总爱尿床!"经我一盘问,发现她也是假冒的……

到傍晚吃饭的时候,累得我的嗓子都冒烟了,探问的电话一共有二十四个,居然都不是狮子狗的真正主人。苏美达看我气喘吁吁的样子,哈哈大笑。我说这一切都是你的那个招领启事给闹出来的,他只顾大笑,说:"樱木灰,别着急,会灵的,会灵的。"苏美达发音不清,我便多了个日本式外号。我不喜欢苏美达给我起的这个外号。

4.失主找到了

当晚回到家里又挨了爸妈一顿批评,他们耳聪目明,因为我的嗓子哑了,不得不吃金嗓子喉宝。

星期一,一肚子怨气的我正无处发泄,恰好宋思嘉出现了,我想这次可以跟她比个高低了。可是,宋思嘉竟然没有推车子,没有车子怎么比高低呀!

苏美达满脸堆笑地问她:"你、你、你今天怎么没有骑车子呀?"

宋思嘉站住,平静地看看苏美达,又看看正在伸胳膊伸腿的我,说:"我从今以后不再骑车了,我改坐汽车了,你们比吧,我退出了,以后别再往轿车的屁股上撞了。"

说完宋思嘉背着书包扬长而去,苏美达气得"哇哇"大叫。

晚上回来,我继续到沙丁鱼(苏美达)家等电话。

电话铃又响了,我心里默数这是第二十五个电话,苏美达说如果这个再不是,他就无计可施了。

"你好!苏先生吧?我就是丢狗的那个主人,今天下午我看到启事,我的狗是……"我和苏美达激动地听完了那个女孩讲狗丢失的经过,她把狗的颜色、体态等等说得分毫不差,为了让我们相信她,还告诉我们拴狗的链子中间有道裂痕。我拿过链子一看,果真有,失主

终于找到了。

我和苏美达约她明天下午在楼下小公园见面,那女孩说她一定会准时到达。

为了能观察失主确定无疑,第二天下午一放学我就趴在阳台上注视着小公园。没多久,楼下小公园里出现了一个穿着校服的女孩,咦?好像是我们一个校的,她四下张望,焦急地来回走动着。

我对苏美达说那个女孩出现了,一定是失主,苏美达说等她打来电话再下楼。果然,不一会儿,那个女孩打来了电话,我急忙跑回屋里接电话,等我完全证实她的失主身份,回到阳台上时,苏美达却惊讶地喊住我:"你看她像谁?"

我这才仔细瞧那个急得像热锅上蚂蚁的女孩,由于我在七楼,又由于我的近视眼,所以看不清她的脸,但我觉得她的背影很熟悉,噢,我突然想起了每天骑车上学看到的那个背影,是她!是骑车飞快的宋思嘉!

我和苏美达的想法不谋而合,苏美达脸上立刻浮现出狡猾的笑容,他虽然有时不爱讲话,但这小子鬼点子特别多。我说她今天都到了这步田地,就放她一马吧!苏美达拉拉我,说我们下楼吧!

我们一改往日那颓废的模样,大摇大摆地走到了小公园里,宋思嘉并不知道我俩是送狗的,完全未把我和苏美达放在眼里,苏美达装作没事人似的问她:"你在、在、在、等人啊?"

宋思嘉凶巴巴地瞪了一眼苏美达:"我等人,关你们什么事?"

苏美达又要说什么,狮子狗大概听到了他们的对话,在我的书包里不安分地哼了两声。这微小的声音被宋思嘉捕捉到了,她指了指我的书包,张大嘴却说不出话来。

苏美达跳到我身边说:"狗在这里!"苏美达说话总是很简洁。

我瞪了他一眼:"有没有搞错,说得清楚点,你说谁是狗呀?"

"哦,对不起,狗在樱木灰的书包里!"

宋思嘉脸上的表情立刻丰富起来——又惊又喜又尴尬又不可思议,她试探地问:"你们就是所谓的苏先生、宁先生?"

"YES——"我和苏美达异口同声。

随后,我们三个笑作一团。

5.苏美达的鬼主意

苏美达并没有说什么乱七八糟的话让宋思嘉难堪,事后,苏美达说他本来就没有什么报复心,只是每天上学骑车时很无聊,觉得和女孩赛车挺有意思,于是,把我也骗来和他一起骑车。至于宋思嘉说他是蜗牛这话是苏美达自己编出来的,我听后大骂苏美达不道德不仁义不讲兄弟情分,而苏美达却很有理由地问我发没发现自己有什么变化。我说你这么折磨我这个傻小子,我会有什么变化,苏美达于是把我拉到路边健身磅上称体重,我这才惊讶地发现自己居然胖了三公斤。

几天后,苏美达履行了他当初要请吃肯德基的诺言,不过,还多请了一个人,那就是宋思嘉,不打不相识嘛!宋思嘉与我和苏美达性格差不多,都是大大咧咧的主儿,我们三个成了死党。

宋思嘉在我和苏美达的鼓动下也不坐公共汽车了,我们三个成立了一个自行车小分队,与以往不同的是,我成为这个小分队的队长。不过,后来我也明白了苏美达这小子的鬼主意,他让我前面开路,他就可以和宋思嘉在后面并排而行,轻声慢语,真不知道他们聊些什么,我也懒得管了;只是他们的速度已经慢到爬虫的级别,害得我总是很负责任地提醒他们快迟到了。

真是气死我了!

Chapter **6**
咖啡式友情正传

1.纯属偶然

小安和我成为朋友纯属偶然。

那天,我偷偷地骑着爸爸新买的自行车去苏美达家借滑板,玩到天黑时才急着往家赶,没想到半路上车闸突然失灵,幸好我车技一流才没撞到人。唉,本来想骑着新车神气神气,却差点儿弄了个害人害己的结果,想起来都让我后怕!

好不容易挨到我家楼下,我气急败坏地把车子摔到地上,又狠狠地踢了它一脚。这时,背后传来轻轻的笑声,直觉告诉我有人在那儿幸灾乐祸!我猛转过身,想看看是何许人也!原来是我每天跑步时遇到的那个瘦瘦的男孩。

他见我转过身来,笑着问我:"怎么了,车子坏了?"狗还不咬笑脸人,我一肚子火也不能朝人家发作呀!我只好自我解嘲地笑了笑:"很倒霉,是吧?你知道哪儿有修车的吗?"他摇了摇头说:"不知道,即使有,这么晚了,肯定也关门了。"

我无可奈何地扶起车子,脑子里飞速地琢磨着怎么向老爸交代。男孩说:"哪里出了毛病,也许我能试试?"我告诉他是车闸失灵了。他二话没说便从背后抽出一把螺丝刀,开始给我修车。我很惊讶,他怎么会随身携带螺丝刀呢?

咖啡式友情正传 Chapter 6

他敲了敲，拧了拧，没几下便把车子收拾好了。我感激不已，要知道这可使我免去爸爸的横眉立目和妈妈的一顿唠叨，那是比挨揍还要难受的折磨呀！我问他叫什么，他说叫他小安吧，我问："你怎么随身携带螺丝刀呀？"他迟疑了一下，说："我晚上上课，学修理电脑。"

小安说他家住在东边的那栋楼，离这里不远。我忽然冒出一个想法："谢谢你为我修车，我们交个朋友吧！我家就在这里七楼。"小安听了非常高兴，连连点头："那明天早晨我在这里等你一起跑步。"我也高兴地连连点头。

他指指我车后座上的滑板，说："滑板是你的？"我说："借的，后天要还给人家。"

用这么短的时间就交到一个朋友在我的交友史上还是第一次，同桌曾说我这种交友方式像冲咖啡，是速溶的，我说她是嫉妒。回到家，我抑制不住自己的兴奋，把这事告诉了老妈，老妈却给我泼冷水，说什么乱交友会惹祸上身，后果会如咖啡一般苦涩。我很奇怪，老妈什么时候和我的同桌同一论调了，看来"咖啡"这个比喻比较通俗实用耶！我自认交友从未失过手，便和老妈打赌，说小安定会成为我真正的朋友，老妈则有些不屑地说奉陪到底。

2.小安的预言

次日一大早,我便从床上爬了起来。我抱着借来的滑板急匆匆地从楼上跑下来,看看小安是否信守诺言。结果差点儿撞着坐在一楼楼梯上的人。那人见我从楼上冲下来,猛地站起身,结果我们两颗结实的脑袋"砰"的一声撞到了一起。我正要发作,却发现那人竟是小安。

我说:"这么准时,够朋友。"

小安头痛得直咧嘴:"你是我唯一的朋友。"

我一愣,有些不敢相信。小安说他爸妈离婚了,他没有了家,如今和叔叔住在一起。他说话时满脸愁容,看起来很是可怜。

于是,那天清早,在我们楼下出现了这样一幅景象:一个男孩脚踩在滑板上不太熟练地向前滑着,身子弓得像一只大虾;另一个男孩一边慢悠悠地跟着跑动一边东张西望,插在腰间的两把螺丝刀不时地从衣摆下暴露峥嵘。

我暗笑:这小子怎么跟电工差不多,我得送他点什么东西,我不喜欢欠别人的人情。回到家,我把屋子翻了个遍也没找到合适的,这个屋子除了我以外几乎都是书。最后,我决定送他一本书,书名叫《不再孤独》,是写流浪儿童的,我想这书比较适合寄居在别人屋檐下的他。

几天后,我把书送到小安手上时,小安说:"你这么幼稚,居然送我书，好吧，看完后还你。"我豪爽地说："书我家到处都是，送给你了！"

小安问我怎么没带滑板，我说还给苏美达了，小安很大度："你喜欢滑板，我试着给你借一个。"之后，便乐呵呵地走了。

期中考试转眼就到了，那些A、B、C，碳酸钙什么的把我弄得焦头烂额，两个星期都没跑步，小安也被我抛到了脑后。大考当前，也顾不得别的了，临阵磨枪，不快也总能光一光！

期中考试成绩总算还能令老妈和老师满意，他们满意我自然也就满意了！我打定主意，接着晨跑。

清早，我刚爬起来给我心爱的小鸟喂食，就听到一阵轮子摩擦地面的声音，我从阳台上往楼下一看，是小安在玩滑板，他看见我后把滑板举得高高的，示意我"快下来"。

滑板是蓝白相间的颜色，比苏美达的滑板漂亮多了。小安说："这是我从一个朋友那里借的，借你了，朋友一场，玩够了再还我。"我发现他眼里布满血丝，嗓子有点哑。他又说："你家是七楼吧，我家那边有几户被盗了，晚上你最好把厨房的灯开着，防着点儿。"我说："你昨晚是不是没睡好觉，做噩梦了？"小安摇摇头，脸严肃得吓人。

我把滑板拿给老妈看，还把小安的话告诉了老妈。我说："你看，我们都已发展到无话不谈的铁哥们儿的地步了。"老妈说："别听他瞎说，他一定是在逗你玩。"

晚上，我想起小安的话，在妈妈睡下后偷偷地把厨房的灯打开了，不然老妈又该心疼她的电费了。

3.幸免于难

第二天一大早,我们这幢楼就像炸了窝,原因是昨晚六楼和八楼的三户人家被盗了。有一户是从阳台爬进去的,另两户人家是直接把防盗门弄开的。六楼两户人家睡得像死猪一样,早晨才发现屋子被翻得底朝天,手机和手提电脑都被拿走了,不过和八楼的陈叔叔比起来损失还不算惨重。陈叔叔在精神上受到了严重打击,他和妻子是眼睁睁看着盗贼进来,又眼睁睁看着盗贼带着东西大摇大摆出去的,他们只能装作睡觉而束手无策——因为两个盗贼手里都提着刀。

我家厨房的灯开着,所以幸免于难。不过,这事弄得整个单元人心惶惶,妈妈更是坐立不安,当天就找人安装铁门铁窗。

我倒有点沾沾自喜,小安没有骗我,够朋友,应当好好感谢他——其实,我家根本都不值得一偷,只是我妈成天提心吊胆,说什么破家值万贯。

警察昼夜不离地埋伏了三四天,可连盗贼的影子都没捉到,只好撤走。

我每天早晨都到楼下玩滑板,想碰到小安,对他上次的提醒表示感谢,可小安却再也没有出现。

4.关于滑板的误会

这天黄昏，我正在楼下玩滑板，有三个男孩从我身边经过时停住了。他们都长得高高大大的，其中一个胖点儿的男孩笑着走过来："嗨，你这滑板不错，是什么牌子的？我能看看吗？"我以为遇到了专业人士，就高高兴兴地把滑板递给了他。

他把滑板翻了过来，仔细看了看轮子的内侧，然后，把滑板递给了另一个男孩。

"跟我走吧！公安局还没下班呢！"

我被搞得糊里糊涂："你们是不是找错人了，我去公安局干什么？"

胖男孩愤怒无比，他一只手从那个男孩手里拿过滑板，另一只手一把扳住了我的脖子："你看！这轮子下面写的是什么？"滑板轮子内侧写着三个字母"HOT"，"你偷了我的滑板我家的钱，你还这么理直气壮！"男孩像敲锣一样，把我的脑袋和滑板狠狠地撞到了一起。霎时间，我的鼻子似乎灌进了冷风——清爽无比，随即便有红的液体畅通无阻地蹿了出来。

他们三个气势汹汹地把我押到了附近的派出所，警察见我就问："你怎么成了这样？"他认识我，他就是前些天去我们单元埋伏的警察。

原来，这个滑板是打我的那个胖男孩的。他家一个月前被盗，丢

了钱还丢了这么一个滑板,他家离我家有三站地远。

我说滑板是小安从他朋友那里借的,警察立刻问小安是谁,家住哪里,我却一无所知。警察以为我撒谎,要向学校询问情况,我只好将校名、班主任老师一一坦白交代,唉,这次我不身败名裂才怪呢!

警察刚要给学校打电话,胖男孩上前阻止他说:"我们了解他,他……他是我们一个校的,这事告诉学校对谁都不好!"警察不耐烦地瞧他一眼,还是拨通了电话。我仰着脸坐在椅子上,两个棉花团像两只蚕一样卧在我的鼻孔里,等候发落。

幸好是班主任值班,他一接到电话就说马上过来,当然的,我老妈也要被请到派出所。

半个小时后,各路人马聚齐。班主任米星希介绍了我的情况,老妈则起誓说这种事绝不可能是他儿子所为,她敢以人格和性命担保。其实谁敢要她的命啊!不过,老妈的行为倒是很让我感动,这可是开天辟地头一回这么信任我!警察也很通情达理,听完情况并做了认真分析之后,觉得我并不是太可疑,决定让我老妈把我领回去。警察说一有小安的消息就要马上报告,如果因为他是你的朋友而姑息养奸,那一切后果自负。我不相信这事是小安做的,不过他随身携带螺丝刀确实有些可疑,我犹豫再三最后还是把这事说了,警察听完马上断定小安与这些天的盗窃案有关,那两把螺丝刀很有可能是作案工具。

三个扭送我到公安局的男孩发现冤枉了好人,忙向我解释他们是一时冲动。他们和我是一个年级的,我的"臭名"他们曾在学校红榜上见识过。

滑板留在了派出所,我乖乖地跟着老妈回了家。这次老妈没有责怪我,什么都没说。我拿不准小安到底是不是盗贼,也不敢进一步去想,但他送我的滑板可真是让我吃尽了苦头,现在只有静观其变了。

5.与狼共舞

事情过去了一个月,没有什么变化,我们这个单元的每家每户仍处于高度戒备状态。在班里,同学们都知道了我被误为盗贼而遭打一顿的事,取笑我和小安的友谊是"与狼共舞",老妈也不允许我再晨跑。

一天放学后,我刚回到家,老妈就兴奋地告诉我:"捉到了!捉到了!盗贼捉到了!"

我忙问:"是谁?"

"是小安,就是送你滑板的那个人!"

我的头"嗡"的一声叫了起来。老妈的语调变得意味深长起来:"这本书是你送他的吧!"老妈扔过一本书,是那本《不再孤独》。

原来警察下午通知陈叔叔他们去派出所领失物,顺便把这本书给我带了回来……

小安是在昨天夜里作案时被捉的。小安只有十六岁,离家已有两年了,他一直和两个所谓的"叔叔"住在一起,他学的并不是什么修电脑,而是学撬锁,那个蓝白相间的滑板是他偷的,也是他第一次下手。偷我们这个单元的三户人家,是他那两个叔叔早就计划好的,也是他们亲自干的。因此,小安才能事先提醒我,让我家得以幸免。其

实小安每天早晨跑步并不是为了锻炼身体，而是在熟悉地形，以便晚上他的"叔叔"们行动，这是他的任务。

警察说小安让转告我，我送他的书他已经看完了，书的结尾很圆满，流浪儿童都找到了家，他说不久自己也会找到家的。

老妈没再提和我打赌的事，不知道她是忘了还是不愿意往我的伤口上撒盐，不管怎样，我还是很感谢她。看来在大是大非面前，老妈还是能够坚持立场的。

不过，我的心里却有一抹真实的痛，为小安，也为自己。但我和小安的友谊绝不是什么"与狼共舞"，我们是朋友，不过是那种流行的速溶咖啡式的朋友罢了。

Chapter 7
我是爸爸的打工仔

1.给爸爸打工的真相

　　学校发成绩单那天,学习委员唐哲没有来,成绩单是由苏美达代发的。苏美达这小子真不赖,只比我多考了二十分,还稳坐全班第一把交椅,我排第九名。我问他学习委员为什么没有来,他张大嘴巴一个字一个字地小声告诉我"他去打工了"。真是搞不懂,打工有什么了不起的,用得着那么神精鬼怪的吗?他问我暑假做什么,我自然也毫不隐瞒,我说:"我想学一学开车。"现在学开车又好玩又时尚又有意思,学着玩呗,反正也没有什么事干,学习的事儿就凭咱老兄还用得着愁吗?

　　苏美达像听到什么重大历史变革一样呆看了我半分钟,然后问我:"这事你和家里商量过了没有呀?你爸能同意吗?"我说鬼才告诉他们呢,不过我以前也没有什么事不和他们商量的,但这事他们一定不会同意的!苏美达说:"听我爸说,你爸爸工厂里又新添了两台马自达,正在车库里闲着呢!有时候由你爸的司机开出来转转,使用的时候很少,不知道为什么!你让司机用那辆车教你不是更好吗?""哦?"原来还有这种好事,我老爸怎么没有告诉我呢?我怎么会这么孤陋寡闻呢?丢人呀!

　　苏美达的爸爸与我爸是朋友,所以我爸厂里的那点事,苏美达都了解得一清二楚，况且他家又与我家住在一个小区，我俩自然亲密无间了。我想想苏美达的话也不无道理，可是老爸老妈能同意我的要求吗？我真是快愁死了，我问苏美达怎么办，他说直接的不行就来间接的，我忙问他怎么个间接法，他说我可以先接近我老爸的工厂，然后接近车，这样就可以达到学开车的目的。我忙说此法行不通，要我去给我爸干活这不是天大的笑话吗？再说了咱哪儿吃过那苦呀！我这小体格怎能打工呢？

苏美达说我只管回家，他会代我办好一切的，我不明白他的意思，他狡猾地笑了笑，叫我回家就是。

苏美达就是这么理解我，我最喜欢他这种大包大揽傻乎乎的样子了！

晚上，老爸看着我那无懈可击的成绩单，脸上笑开了花，老妈也高兴得合不拢嘴。老妈问我暑假做什么，我迟疑了一下，撒谎说学校鼓励学生社会实践，我要去爸爸的工厂打工。

老爸一听脸上立马变成了晴转阴，乌云密布，顷刻间便是雷雨交加了。我像打碎了花瓶的小孩一样立在墙角，忍受了不知多长时间。门铃响了，我打开门，原来是苏美达，我高兴得快要疯掉，我看到他就像看到小时候极爱护我的奶奶一样，说实话，他和我奶奶长得还挺像。

苏美达说是来向我借书的，并且大说特说他找到了一份工作——其中一个是在蛋糕店，另一个是给一个初一的小女生当家教，还说要向我借一些复习材料。老爸一见苏美达就多云转晴了。苏美达笑眯眯地问我爸："叔、叔、叔，学校社会实践，你家樱木灰放假干什么呀？看他天天学习，也该出去锻炼一下了，你的工厂那么大，让他去你的

工厂多好啊!"

老爸被问得支支吾吾,苏美达让我拿材料给他,我回到屋里乱抓了本书塞给他,又偷偷叮嘱他别说多了露馅,苏美达很善解人意地向我表示了谢意,又有礼貌地和我爸爸妈妈告别。

爸爸在苏美达走后沉思了片刻,接着抓起电话,说要给我的老师米星希打电话,我想拦他又怕露出马脚,只好惴惴不安地看着他。米星希老师恰巧在家,爸爸先客气地对老师给我的关照表示感谢,然后又和老师探讨一下我目前学习上还存在的问题(他就是这么不满足,我都考前十名了,他还想让我更上一层楼),问老师我的学习成绩及社会实践的事情,可能老师也没有明确的指示,老爸只是"嗯嗯"地答应着,脸色凝重。

我默不作声地蹲在墙角,心里像揣了一只兔子那样慌乱。爸爸见我那样子忍不住笑了,说:"你们老师说的也对,让你自食其力也不是一件坏事,还可以缓解学习压力,不过,去我那儿可要听我的话呀!"

"是!老爸!"

我话刚说完,老爸又黑着脸扔下一句:"有你吃苦的时候!"

2.攻无不克 战无不胜

我到爸爸的工厂正式上班了。

我的第一件工作连上帝都猜不到——擦车,而且还是那辆新的马自达。和我一起干这项光荣活计的是我爸的司机冯叔叔。我想我要是想学开车就必须和这位冯叔叔搞好战略伙伴关系,如果他能教我,那不是再好不过的事吗?工厂里的这辆车闲着不也是闲着吗?我说这话时冯叔叔一点也不赞同,他说这辆车是一个欠债的客户抵债的,也不算抵债,算是押金一类的,反正这车等人家有钱之后还会收回去的,只是寄存而已。我一听这话,想学开车的话就只能咽回去了。我开始大献殷勤起来,夺过冯叔叔手里的水管,让他到一边去抽烟,然后,由我来给这辆车进行全方位多视角立体式的"擦脸",我忙活了一个小时,这辆车被我擦得油光瓦亮。

冯叔叔在一边抽烟,笑眯眯地看着我。心里虽是美滋滋的,可一向不善体力劳动的我已经累得上气不接下气了。这时,爸爸正好从我的身边走过,看看这辆车,对我满意地点点头。

中午,我和冯叔叔坐在那辆车子里边听王力宏的《不要害怕》,边聊厂子里的一些奇闻怪事。从他的话里我得知,他有一个上初一的小女儿,学习不算太理想,特别是在数学和作文方面尤为头痛。我灵机一动，便对冯叔叔说这事包在我的身上了，保你女儿成绩有所提高。

我回到家后翻出了所有的复习材料，外加一大摞的作文书。第二天，我把这些书全都送到冯叔叔面前时，冯叔叔大吃一惊。我胸有成竹地告诉他，他女儿有任何难题，尽管来找我，我一向是攻无不克、战无不胜的（说这话时，我下了至少有十五次决心）。

与此同时，爸爸又给我安排了一个连残疾人都能做的工作——坐在办公室里听电话（其实除了这个我也做不成什么），这和看大门的老头同属于一个工种，没有什么区别。工厂里的人看我直笑，像观赏一只猴子一样观赏着厂长的儿子。这还不算什么，最令我恼火的是，关于月薪问题，爸爸一直含糊不清。其实我在办公室里又是打水扫地，又是接电话，也是付出了一定的劳动的，可老爸他就是视而不见，更别说月薪问题啦！唉，可谁让我是老爸的儿子呢？

不过，这几天，我与冯叔叔的关系在逐渐升温，只要他女儿有难题，我肯定二话不说，拿来就做。白天冯叔叔出去办事，有时爸爸会让我和他一起去，爸爸这样做一是知道我整天在办公室里怪烦的，二是有意让我监视冯叔叔。冯叔叔心知肚明，自然要与我搞好关系，这样一来我们的关系便更加微妙。趁热打铁，我偷偷地向冯叔叔提出学开车的事，他居然非常乐意地答应了。

3.开车不是玩游戏

冯叔叔开始教我开车了,其实只是边开车边向我介绍基本常识而已。他认真而神秘,让我觉得开车和玩游戏差不多。我以前玩卡丁车如同游戏一样溜,反正都是车,大同小异罢了,可没想到我的想法彻底错了。

冯叔叔教我开车虽然是偷偷摸摸的,但教得却很认真,几日之后,我自觉已熟练,但冯叔叔总是寸步不离,这使我很感拘束。我梦想着一个人开车在公路上奔驰,那感觉一定很爽,很酷!

机会来了。

那天傍晚,冯叔叔和我在公司的院子里擦完车后,我俩便钻到车子里,我开着车子在院子里转了两圈。这时,爸爸来电话,让冯叔叔开车去火车站接一个客户,冯叔叔接完电话交代我几句就急忙走了,新马自达车上的钥匙也忘了拔。

我把车子开回车库,然后回到办公室,静静地坐在屋子里,看着夜幕一点点地落下来。

办公室里的电话铃声急促地响了起来,我没有接,我猜这电话不是我妈就是我爸打的,他们一定是催促我回家的。忽然间我想开车上公路的欲望像潮水一样一浪高过一浪,排山倒海般压了过来。

车子从车库里开出来，在大门口被值班的老头拦住了，他问我干什么，我撒谎说老爸让我把这辆车也开走。他不信，我说不信你就打电话问我爸，他犹豫了一下，然后扔下一句"当心交警"，转身回他的屋子里去了。

　　我发动了车子，发动机的声音使我的心一下子狂跳起来，不知是紧张还是刚才扯谎的缘故，我那握着方向盘的手心里都是汗。车子开动了，冲出大门的一刹那间，我的脑袋像接触不良满是雪花的黑白电视机，耳朵被乱七八糟的噪声充斥着。

　　我一踩油门，车子横穿过公路，拐向了我希望去的那条岔路。就在我的车子到达岔路的另一侧时，一辆大卡车从我后面呼啸着蹿了过去，一股猛烈的风直扑到我的脸上，我不禁打了一个冷战。

　　我那近视的眼睛看着车灯照着的那点可怜的距离，不禁有些眩晕。我忽然有点后悔，我只学了一个月的车呀！怎么就可以这么大胆地上公路呢？

　　我的手脚开始慌乱起来，车像醉汉一样在公路上东撞一下西撞一下，幸好没有其他车辆，不然，早就上演"人车大冲撞"了！我正暗自庆幸着，车子突然一歪，不动了。

　　我的头被撞得鲜血直流，我那不争气的眼睛看了看前面，不由得伸出了舌头，上帝耶和华、达摩观世音、真主啊！我竟然栽进了路边的深沟……

　　我站在路边，头上缠着纱布，看着灰头土脸的马自达被人一点点从深沟里拉出来。我预感到我所做的一切都将要公布于众，因为我在围观的人群中看到了苏美达的爸爸。

　　回到工厂办公室，看到爸爸威严地坐在那里，我心里七上八

下的。门卫老头因为没有尽职尽责,在关键时候没拦住我,已被爸爸辞退了,而我知道这次修车至少要上万元(据有关人士透露)。

接下来,我被爸爸一顿臭骂,爸爸说:"什么社会实践!打工!你小子那点鬼主意还瞒得过我吗?苏美达爸爸早就告诉我了,苏美达去蛋糕店打工,是为了帮助班里的女生小鲨,他根本没有当什么家教,而是去参加补习班了,根本就没有社会实践这回事。"

爸爸最后以损害工厂财物的名义将我正式开除,并扣掉了我的全部薪水(本来我也没有薪水),同时还有他自己当月的奖金,并向全体职工做了检讨。没想到我那威严的老爸为了我而不顾自己的威严!这都是我惹的祸呀!

暑假快结束了,我给爸爸打工的日子也结束了,车没学成,还把车给弄残废了(修没修好人家客户都不要了,说是就用这车抵债了),至于书本,也忘得差不多了。其实,整件事都是我的太不成熟造成的,把事情看得太简单了,太轻视的东西往往不好对付,这在开学后让我感触更深,因为苏美达考试成绩依然出奇的好,而我却被挤出了前十名!

Chapter 8
卖书小贩遭遇书仙MM

1.卖书小贩误中"美人计"

十一长假即将到来,学校里的男女生又开始像雨天的蚂蚁一样忙碌起来,书呆子忙学习,花痴忙着追MM,MM忙着见网友……

苏美达也不安分起来,假期前三天就开始秘密行动,每天往学校搬些乱七八糟的旧书、练习册什么,还收集班里同学们的旧书。我问他要做什么,他小声说:"卖书!"

我眼睛一亮:"在哪里?"

"学校后面的小街,出地摊!好多女生也准备干这个的。"

"哦?这么说可以看到辫子MM?"

"嗷嗷——多!"苏美达傻笑着,露出两颗可爱的小虎牙。他诡秘地指着一大堆旧书说:"和、和我,一、一起,怎么样?"

我看出来了,苏美达这家伙又想使用我这个免费劳工,但是一想有好多MM,我的心就痒了起来,反正假期我也没事,不如帮帮他,便一口答应:"好的,出摊的时候叫上我!"

国庆节那天,我和苏美达正式到学校后街出书摊了。天刚亮,苏美达就骑车到我家楼下,打了N遍电话后,还拉直鸭嗓喊叫着:"樱木灰!樱木灰!"他明知自己有点结巴,说话会走音,易引起别人误会,还这样大喊大叫,我假装没醒。他的喊声却引出小区里的几个

卖书小贩遭遇书仙MM

初中小妹妹打开窗子伸出脑袋,举目四望,自言自语:"没想到小区里还有日本帅哥,樱木灰,是樱木花道的弟弟吧?"我表妹昨天在我家住的,她就是这么说的。

我飞速穿衣,拿起电脑上面的几张写满字的纸,奔下楼与苏美达会合。

骑车穿过五条街,来到学校后街,可看到后街那么多花花绿绿的学生时,我差点气死。因为小街已经被学生们的书摊占满了,一眼望不到边。看来想卖书的人不少,而且早就打好了主意占下了位置。

我和苏美达沿街慢行,看到小街的每一寸土地都被学生书贩占满,连垃圾桶上都堆满了书,我们走到街尾才看到一块空地。苏美达停下车子,对我说:"你先在这里占位置,我去学校门房老大爷那里取前几天存的书。"

我点头答应:"人在地方在,谁也抢不去。"

然后,我岔开八字步站稳,苏美达一溜烟不见了踪影。

我刚站稳不到两分钟,就听到了背后有人说话:"这位同学请让开点!"

是个女生的声音,我有点气愤,装酷不回头:"我们早占好的,你们去找别的地方吧!"

我闭着眼睛,继续装酷,这时,身后的女生好像跑到我的前面了:"同学,帮帮忙。"

声音好甜、好柔,我眼睛睁开一条缝,偷瞧那个女生。啊!我心中惊呼:"美女!书仙!"

我面前是一个梳着两条小辫子的女生,她的脸很圆,极像S.H.E中Selina,穿着格子裙,卡通无袖T恤,T恤上印着一个大大

的LOVE。我看到LOVE就呆住了,心想,好漂亮的女生哦!好暧昧的T恤哦!还梳小辫子,好清纯哦!我傻了,盯着人家胸前字母就不放……

女生提醒我:"同学!让开点好吗?"

我还在发呆中,突然身后"狮吼":"好色的男生,盯着人家胸不眨眼,快让地方。"身后有人推了我一把,差点把我弄个狗吃屎。

我转身,见一位戴着深蓝色眼镜的女生,凶巴巴地叉着腰,指着她的脚下说:"这是我们早就占好的,你哪儿凉快哪儿待着去!"

我虽然很生气,但并未发怒,辫子MM面前发怒有损形象,不过我还是据理力争:"我一早就来到这里了,我来时怎么没有看到你们?"

深蓝眼镜女生伸手一指地面说:"看这里,明明写着是我们的!"

我走上前,看看地面,气得我差点晕倒,水泥地面上被人用紫色粉笔写着这样几个字:此地归两女生所有,摆摊者请到别处,谢谢!

傻子都能看出来,这分明是新写的,我明白了,就在刚才那个辫子MM和我说话时,深蓝眼镜偷偷潜到我的身后下黑手,写烂字!

一言以蔽之:美人计!

这时,深蓝眼镜已经开始往地上铺布、摆书了,见我仍在发呆,抬头就冲我嚷道:"小屁孩儿,快离这儿远点,别装牛皮糖,小心我让你死跷跷!"

竟然说我牛皮糖,骂我赖着不走!我真想……

突然,我看到苏美达抱着一大摞书站在我面前,很失望地看着我,目光冰冷刺骨。

我赶紧接过书,说:"这两个女生太凶!没办法,人家早就占好位置的。"

"我来时这里连她们的影子都没有,你竟然?"苏美达说着伸出腿就要踢我。

由于地盘被占,我们只好在两个女生后面摆摊了,等选好地点后,我呆了,苏美达傻了,因为我们书摊对面就是WC,臭风习习,令我作呕。

我站在一边捂着嘴,苏美达不紧不慢地开始摆摊,WC的气味好像对他不起作用。我猜他已经做好了物我两忘的准备,身怀隐形防毒面具,臭气无法入侵。

"快摆书!樱木灰!"苏美达生气了。

我开始摆书,眼睛还望向刚才那个辫子MM,此刻,她正撑着一把伞,看着一本《女友》,好淑女!好美哦!我惊叹。

我和苏美达把书摆好以后,我便把身藏的纸拿了出来,苏美达问:"这是什么?"

"QQ号码,这都是我以前用我妈我爸手机申请的号码,一共36个,也是拿出来卖的。"

"哦?"苏美达一听QQ马上来了兴趣,因为我是在前不久才教他用QQ的。他说:"有5位的QQ吗?"

"有7个,每个50元,你想买吗?"我说。

"等你送我!"

这时,我发现苏美达突然盯着那个深蓝眼镜女生看了起来。

"那个女生是巫婆,凶得很。"我劝苏美达。

"正经点,我看那个女生有点眼熟,好像在哪儿见过。"苏美达皱起眉头。

"哦？我看看。"我仔细看那女生，没发现哪里面熟，"你看走眼了吧？"

"没有，很眼熟，但忘记是谁了，还有，她为什么要戴蓝色眼镜呢？好像是不想让别人看清她的样子呀？会不会是我们的仇人？"苏美达历来有杞人忧天、四面楚歌的毛病。

"大惊小怪！"我不理他，叫卖起来，"靓号靓号来！八位10元，七位15元，六位20元，五位50元，快来买哦！！"

一股风吹过，WC毒气袭来，我马上用手捂嘴，头却被重重一击。拾起打击物一看，是本《英语袖珍词典》，接着是深蓝眼镜的声音："吵死了！闭嘴！"

2.卖书小贩大战书仙MM

　　太阳爬上头顶,身后传来大街上隆隆车声,一个个戴着超厚眼镜、靠着墙边走,生怕落下砖头砸着的初中小男生和一个个穿着蓝白相间校服,拿着冰淇淋左顾右盼的初中小女生不断走进小街。看到这些傻乎乎的小孩,小街上的学生书贩开始直起腰板,大声叫卖海淀考王、理化王、作文王、几何代数精编等据说可以迅速加分提名次的缺页少字的旧书,大肆吹嘘这些书是如何使他们跻身学年前十名,荣获市优秀"三好学生"的。

　　据我所知,这个短暂的早晨,小街就已出现二十余位学年前十名,不知是哪年排的前十名,还有人厚颜无耻地拿出成绩单,向小学弟学妹们吹嘘说他们就是看了这些练习册才得到这样优异成绩的。其实,那些成绩单都是学校东面打字社里的针式打印机"吱嘎吱嘎"打出来的,据说,那个打字社一天就打出了三十余份。更有甚者,还推出不知从哪里弄来的漂亮女生,自称为其女友,还说因为其看了某某练习册后成绩提高,名次前移,这样的女友才主动追求他的……这些不经世事的小初中生个个听得脖子直了、人也傻了,拿起那些破书就细心琢磨,试图发现"书仙"类的美女。

　　深蓝眼镜和辫子MM充分发挥美女资源的强大优势,打出"高

中姐姐帮你考高分"的标语,引得无数戴厚眼镜的"瓶底"小男生围观,场面壮观得无法形容。有个男生被挤得弄丢了"瓶底",就盲人一样满地找眼镜,结果却找到一副变形的眼镜,可他一点都不在乎,继续挤进人群。后来,变了形的"瓶底"又被挤落,他捡起只剩一条腿的眼镜再挤,"瓶底"再次落地,继续捡,继续被挤落,"瓶底"继续无休止地变形——他就活像一头无法吃到奶的小猪。

深蓝眼镜站在垃圾筒上向我示威,笑我和苏美达门可罗雀。

在这种竞争激烈的形势下,苏美达却稳如泰山,在WC臭气拂面中,安然地翻看一本几米漫画。我急得满头大汗:"快喊呀!没看到他们都跑到别人的书摊上去了吗?"

"不急不急!"苏美达换了一本朱德庸漫画:"你先叫卖!"

于是,我开始叫卖:"旧书、旧书,全场三折,买足五本送七位QQ号码一个,买足十本送二手高清晰视频摄像头一个,买足二十送QQ币50000,买足三十送16900上网卡一张,买足四十送二手打印机一台,全场购买,送联想电脑一台。"

这些小初中生一听到QQ、视频、上网卡、电脑一类,像看到《非诚勿扰》男女嘉宾亲临现场一样兴奋,以潮水之势向我和苏美达的书摊涌来。

刹那间,我们的小书摊就被围得水泄不通,苏美达见有人买书,扔下铁臂阿童木,招呼这群小初中生。他的结巴也因紧张加热气蒸而变得愈加厉害,他指着那些抓着旧书不放的小男女生,说:"戏戏戏好书,别抢别抢!"

这些学生心思根本就不在买书上,全在买书所得赠品上。这个女生问:"真的可以得到七位QQ一个?"苏美达说:"戏!"

那个满脸痘痘、大蒜鼻子的女生张大嘴巴说:"视频摄像头可以把我照得更漂亮一些吗?"

苏美达回答:"可以,你本来就已经很漂亮了。"

大蒜鼻子女生幸福地说:"我买了!"

……

深蓝眼镜见这里生意红火,满脸的不高兴,竟然把大习题卷子卷成喇叭状,站在垃圾筒上大呼:"在此处买书达十本,可以获赠高中漂亮姐姐签名照片一张,另送周杰伦、蔡依林、萧亚轩、TWINS、S.H.E、谢霆锋、梁静茹等众明星海报一张!"

那个辫子MM还拿出海报向这边招手,不懂事的初中小男生一听可以获得高中姐姐的签名照片,个个像疯了似的奔了过去,于是,又出现几个满地找"瓶底"、变形、戴上、再挤、再找"瓶底"、戴上、再挤变形的恶性循环……

我们这边,除了被抢走的那些男女生外,还留有一些丑得参差不齐的初中小女生,她们被苏美达的结巴所吸引。不知道苏美达从哪里弄出了几本星座测试的书,一个劲儿地和小女生讲解早恋、星运一类的玩意,把小女生听得口水流出一尺多长。

可是,干流口水不买书可不行。

我只好使出我的独门暗器了,我也做了个"喇叭",大喊:"此处旧书全场一折,购买十本将获赠XX网络游戏40级~50级账号一个,其中装备不计费,获号即可上网练级,如不会练级,可代为练级,包教包会!"

一听"XX"二字,那些男生又呼啦拥了回来,他们像鸭子一样可爱。

我向深蓝眼镜那边望去,那里已是人迹罕至。几个小男生仍在满地找"瓶底",找完后不再挤,而是折回我们这边。辫子 MM 开始在伞下读书,深蓝眼镜像一只美洲豹虎视眈眈望着这边。我可以感觉到她眼镜后那双怒火燃烧的眼睛,看着看着,我心里怕怕的,就移回了目光。

这边,苏美达忙得不亦乐乎,一只手攥着大把钞票,另一只手在向学生送书。

这时,我看到深蓝眼镜开始迈开步子向这边走来。她走到我们书摊里三层外三层的人群外站定,目不转睛地望着忙碌的苏美达,突然大喝一声:"可恶!"然后,从背后变出一本《现代汉语词典》,抡圆右臂,以专业棒球手的投球姿势准备向苏美达袭击!

此时,苏美达屁股下面坐着《蝙蝠侠》,正在全神贯注地数钱,完全不知深蓝眼镜的膀子已经抡成发动的飞机引擎状——见此情景,初中小男生全都吓得逃之夭夭——

苏美达,还在数钱:"15 元、17 元、17 元 4 毛……"

时间凝固——

"苏美达快跑!"我喊,他不听,继续数钱——《现代汉语词典》从深蓝眼镜手中飞出,正中苏美达头部。

苏美达被击倒地,手一松,满手纸币被风吹走,初中小男生一窝蜂地跟着风的方向跑,追着钱。我大呼:"我的钱——"也冲了上去,挤进了"瓶底"男生中。

我听到背后传出一声冷笑:"哼!哼哼哼!"

不用多想,此人是深蓝眼镜!深蓝眼镜,我一定要看看你的真面目!

3.深蓝眼镜的真实身份

第二天,我和苏美达早晨六点就来到学校小街占地盘,可惜还是有点儿晚,没有占到好位置,最后还是被挤到了昨天深蓝眼镜的那块地儿。苏美达见四周没有那两个女生踪影,迅速将布铺到地上,不到五分钟,地摊便已摆好。我站在原地,把水泥地面用脚扫了个干净,这回就不会再有什么"留言"一类的东西了,我心里美滋滋地想象那两个女生来到时生气的样子。

这时,我发现苏美达正在冷冷地看着我,我说干吗,他说:"把昨天被风吹走的钱还给我!"我迟疑了一下,但是为了不得罪班长大人,只好把手伸进牛仔裤里摸索着那屈指可数的几张纸币。我掏出六张给他,苏美达不罢休,仍然冷冷地盯着我,搞得我浑身起鸡皮疙瘩。"樱木灰,剩下的?"我无可奈何地将剩下的带有体温的钱都给了他,他这才罢休。苏美达真是小气鬼,连点小费都不给,想起昨天辛辛苦苦跟"瓶底"男生抢来的钱,心中一阵悲凉。

我有点困,便靠在学校墙脚的石头上小睡,半梦半醒中,我听到苏美达说:"你们怎么又来了?"

我吓得马上睁开眼睛,真是冤家路窄,又是辫子 MM 和深蓝眼镜。这次是 MM 发言:"同学,这是我们昨天的位置,你们这样做很没有

风度哦!"

苏美达说:"凭凭凭什么说是你们的?我们先到的,你们哪儿凉快哪儿待着去吧!"

我心中为苏美达叫好,真有骨气。可是,走近一看,却发现他的头上已经布满汗珠,我倒……

MM依然在笑,真是一个美丽书仙,我暗自称赞。

深蓝眼镜背着手,一直不说话,装得很酷的样子,不知道她心里想什么坏点子。

突然,她的嘴轻轻张开,露出一排雪白牙齿,她在冷笑。旋即,一闪身——啊!我看到她身后闪出一条大狼狗,吐着血红的舌头,晃着尾巴,狗眼望着我:"汪汪——"

大狗向我扑来,我吓得向后一个"轻功"腾挪,闪出三步外。

苏美达知道,我这人最怕狗了,"救命啊——"

我吓出满头大汗,找苏美达,发现身边没有,再一看,发现他仍然安稳地坐在书摊边上摆书。

深蓝眼镜把大狗牵到苏美达面前,大嚷道:"快让出来,再不我放狗咬你!"

苏美达依然不动,低着头像写书法一样摆着几本手塚治虫的漫画。

我的心跳得厉害,大叫着:"苏美达,快跑!"

他好像听到了我的声音,抬起头,站了起来,面对着狗,狗竟不叫了。接下来,苏美达的嘴撅成O型,我晕了,苏美达到底想干什么?

我听到苏美达开始吹口哨,亲切地对着狗"嘘——嘘——"

不到两分钟的工夫,狗就开始冲着苏美达摇尾巴,完了还叉开腿,对着垃圾筒撒尿,看来它还是条有社会公德意识的、爱护环境的狗。

狗撒完尿,便叫着要走!

我看呆了，两个女生也看呆了，这条狗怎么这么快就被苏美达制伏了呢？

真是令我佩服得五体投地，两个女生也气得直跺脚，骂狗是不中用的东西。

无奈之下，两个女生只好在靠近厕所的地方摆起书摊来，也就是我们昨天摆摊的地方。

我小声问苏美达："你怎么搞定那条狗的！"

苏美达低着头，装作看书，若无其事地说："我认识那狗，那狗是街尽头一家书屋养的，我经常去租书看，所以和狗结下了深厚友谊。时间久了，我发现这狗有个条件反射症状，最受不了人类对他'嘘嘘'了，一听到这种声音，它就会情不自禁地撒尿，之后，会很老实的。"

"这个样子呀！"我恍然大悟。

日当正午，书本生意还不是很好，小街里初中生太少，我猜他们今天一定是用我的QQ和传奇账号玩去了。

两个女生忍受不了WC毒气，戴起口罩，还总向苏美达张望。

我说："苏美达，深蓝眼镜在看你，我有点感觉到她是谁了！"

"我知道她在看我，我也知道她是谁，昨天一早看到她，我一眼就认出了，以为戴上眼镜我就认不出呢，休想！"

"她的目的是什么？"

"报仇！"苏美达狠狠地说。

午后，不知谁说了一句："快跑，检查的来了！"

一听"检查"，我和苏美达赶紧收拾书本就跑，可惜街两端都出现了穿制服的检查人员。

我顿时慌了手脚，问苏美达："怎么办？被捉到书会被没收的，也许还会罚款。"

"进WC。"苏美达说完就直奔WC。

啊！我顾不上反应也跟了上去，没想到我身后那两个女生凑热闹，也向WC奔来。

WC门窄，我和辫子MM、深蓝眼镜三个同时挤在门口，像三只抢着吃奶的小猪，进不去。

后来，总算挤进去了，我发现深蓝眼镜还跟着我，我想，女生落到这步田地也不容易，就没说什么！

没想到，深蓝眼镜与我刚进WC两步，WC里就传出一个男生的尖叫："啊！女流氓！"

男生边嚷着边往外跑，深蓝眼镜这才发现自己误入男厕，脸刷地由红变紫，由紫变黑……

她的窘相害得我和苏美达差点把肚皮笑破。

十分钟后，我、苏美达、辫子MM、深蓝眼镜从WC伸出头来，发现小街里一切平静如初。

那些学生书贩依然高声叫卖旧书，"瓶底"男生和矮胖小女生已经开始在小街出没，我们都感到很吃惊。于是，我便问一个满脸雀斑的女生同行："检查人员没管吗？"

"哦，这个呀！是有人看错了，那些人是邮局的。"女生说。

"啊！"深蓝眼镜失望至极，然后，和辫子MM一同跑到树根下，大呕特呕起来。

苏美达走到深蓝眼镜身后，用手轻轻地拍着她的背，说："林宜甜同学，这是何苦！"

是的，这个深蓝眼镜就是苏美达的初中同学、我的校友、曾被苏美达拒绝的美女林宜甜！

4.小贩和书仙握手言和

林宜甜被苏美达揭穿后,突然像变了一个人一样,摘下眼镜,一声不吭,不理苏美达。

辫子MM对苏美达说:"别惹她,她这两天很凶的!"

"为什么会很凶?"苏美达问。

"因为……"辫子MM刚要说,我就听到林宜甜拍书的声音,辫子MM听到书声迅速跑回。

林宜甜此刻正在小街旁边捡书,刚才由于逃得匆忙,她的一些小本漫画书掉在了地上,七零八落地散落在小街花坛边。

我忽然发现,捡书的林宜甜比辫子MM还要漂亮呀!

我正在发愣,苏美达用书敲我的头:"樱木灰,看什么!快去帮着捡书呀!"

我这才反应过来,忙和苏美达一起去捡书。林宜甜见苏美达帮她捡书,并不和苏美达说话,在一个女孩心里,没有什么比被拒绝她的爱更伤心的啦!苏美达也许是想安慰一下这个初中同学吧!

我们四个人都弯下腰捡书,我抬头看看辫子MM,我的心情好得不得了——四个人不吵架多好呀!这是和平的开始吧!

辫子MM弯腰站在我的旁边,偷偷地看我,美丽的大眼睛还没

完没了地放电! 电得我差点摔倒。

辫子MM小声说:"樱木灰,你很有趣欸!"

我说:"哦?"

"确实很有趣,你没发现?"辫子MM显得很天真。

"当然有啦! 但是没苏美达有趣!"我谦虚了一下。

辫子MM很认真地点点头:"那倒是,樱木灰没有苏美达有趣!"

"不要说我樱木灰好不好? 我叫宁不悔,苏美达他吐字不清才说成樱木灰的。"

"哦,对不起,宁不悔,我有个想法,我们把四个人的书放在一起卖吧!"

"好啊好啊! 一起吧!"这回我又可以和辫子MM近距离接触了,看来她对我有好感呀!

辫子MM把她的意思告诉林宜甜,她没有反对,算是默许了。

就这样,四个人把两个书摊的书都放到了一起,写上标牌"男生女生旧书超市"。

四个人总比两个人要强得多,四个人一起招徕无知初中生,更是威力无穷。

林宜甜大声叫卖:"旧书! 旧书! 学习必备,考试不输!"

辫子MM轻声说:"美书! 美书! 教你扮靓,爱美用书!"

苏美达结结巴巴地说:"大大叔(书)、小小叔(书)、考试练习叔(书),不用闻鸡起舞,不必考场翻书!"

我戴起林宜甜的眼镜,张开大嘴叫着:"酷书! 酷书! 耍帅装酷必读此书!"

很快,我们的书摊又被围得里三层外三层,比昨天两个书摊的总和还要多，我终于明白了为什么公司之间总喜欢吞来吞去的，这样有利于发展经济，男生女生和平相处才会多卖书……

到了下午三点，我们四人书摊的书已经销售一空，共赚九十八元。

辫子MM提议："我们去大吃一顿吧！"

我和苏美达一致赞成，可林宜甜却突然说："宁不悔，我们带你去，但不允许苏美达吃！"

苏美达不语，一声不响地跟在我们后面，辫子MM走在我旁边，对着我一脸微笑，说："宁不悔，我有个小小的要求！"

"咦！要求？什么呀？"我眼睛一亮，当女生喜欢一个人的时候，总会提出各种要求。

"五位靓号可以送给我一个吗？"辫子MM满脸通红。

"好的好的！"说完，我大方地掏出那张早已皱巴巴的纸，大手一挥："纸上的靓号全都归你！"

"可是，可是，这些你不是都已经送出去了吗？"辫子MM说。

"给他们的密码是假的。"我低声说。

"啊！"辫子MM大惊。

过了一会儿，她又"啊"了一声，说："我们快跑！"

我回头一看，腿都吓软了，一群戴着厚眼镜的男生和穿蓝白校服的女生正向这边追来，还叫嚷着："他们是骗子！还我们密码！"

我们四个撒腿就跑，我乘机拉住了辫子MM的手。她上气不接下气地说："追上来她们是不会饶我的。"

"为什么？"

"我送给他们的照片根本就不是我的，那些照片都是我从网上下载的！"

"哦!"我总算明白什么叫"女生"了!

苏美达和林宜甜开始时还像仇人似的各自逃命,跑着跑着,林宜甜跑不动了,苏美达背起她就跑,比兔子还快!

最后,跑过 N 条街才逃过小初中生的追赶,我们转过身,发现已经到了"避风塘"饭店。

四个人不约而同地转过身,走了进去。

5.做很好的朋友，但不要谈感情

我们进去后，辫子MM说："今天我请了！"

苏美达坚决不同意："别别，还是我们男生请吧！"

我附和："是呀，还是男生请吧！"

我发现自己已经把卖书得来的钱攥出了汗，有点汗颜，怕掏钱的时候被两个女生发现。

"这样吧，谁也别请了，老板请！"林宜甜说。

"你认识老板？"苏美达问她。

"当然，她就是老板。"林宜甜用手一指辫子MM。

"她？"我和苏美达惊得目瞪口呆，苏美达的舌头都掉了出来，我赶紧帮他塞回去。

"我不是老板，老板是我爸。"辫子MM说。

坐下后，冷饮、冰淇淋、沙冰、咖啡随即跑到桌面上。

苏美达坐在林宜甜旁边，张着嘴看着我们三个有滋有味地吃着，馋得眼珠子差点掉到桌子上。

我们大家都知道，林宜甜说过不许苏美达吃东西的，看着苏美达的样子我就想笑，谁让你当初拒绝这么漂亮的林宜甜了，真是有眼不识大美女！

林宜甜坐下后,好像心情好了起来,眼珠子转来转去,还偷偷地瞧苏美达。

苏美达昂着头,看着对面墙壁上的闭路电视,电视上正播放一部电影,就是那个叫《阿甘正传》的,电影里此时的镜头是,阿甘坐在床边抱着女友,却没有发现屋子里还躺着一个十分清醒的女孩。

突然,林宜甜用手打了一下苏美达的头,苏美达吓得一惊:"我不是阿甘!"

"阿甘比你强多了。"林宜甜瞪着眼睛,装作很生气的样子,"干吗不吃东西呀!给你卡尔其诺。"

她说着把一杯咖啡推到苏美达面前。苏美达一愣,然后拿起咖啡就喝:"谢谢。"

我忽然想起一件事,问辫子MM:"你们为什么要去卖旧书?你还没有告诉我呢!"

"这个?还是林宜甜说吧!"辫子MM给林宜甜使个眼色。

林宜甜坐直了,微笑着看着苏美达,温柔地说:"还是你说吧!"

"啊?我说,我说什么?"苏美达愣了。

我大吃一惊:"好啊,苏美达,你和他们合起伙来骗我!"

"冤枉!我没有!"苏美达要跑,可惜他的腿没有我的腿长,被我抓住,我掐住他的后脖根儿:"快说,怎么回事?"

"好的,我说……"苏美达终于说出真相。

十一前五天,苏美达在学校里碰到了林宜甜,当时林宜甜拎着大包小包的,很是吃力,苏美达出于热心帮林宜甜拎东西,途中,林宜甜对苏美达说:"你知道吗?上次你拒绝我,我哭了一夜,伤心好长时间。"苏美达不语,林宜甜开始流泪,泪水落在学校花坛边盛开的花朵上……苏美达仍不语,一点都不懂得安慰人家。

后来林宜甜抱怨说:"假期一定很无聊,有没有什么有意义的事呢?"苏美达低头说:"卖旧书。"林宜甜眼睛一亮,"这是个好主意!我们一起卖吧!""不行!"苏美达说。"Why?""因为……"苏美达脸刷地红了。"那我们还是不是初中同学,是不是校友?""是。""我们以后做朋友吧!不谈感情的事!"林宜甜忧伤地说,企图打动苏美达。"好的。"林宜甜突然说:"你是不是有喜欢的人了?""是,不不不。"苏美达结结巴巴地摇头。"是去美国治病的小鲨?她不会回来的。"林宜甜说。"说好不谈感情的事,怎么又谈了?"苏美达扔下大包就要走。林宜甜大喊:"冷血,你现在走,我就站在这里大哭!说苏美达是冷血、欺负人,连初中同学都不认。"

苏美达停住:"好的,我们以后做朋友,做很好很好的朋友!"

"好的,为了见证我们的友谊,我们一起卖书去吧,然后,你用卖书的钱请我吃东西。"林宜甜说。

"我不带你去,你愿意去就自己去,我卖书是为了凑班费,我是一班之长,不能让同学们受穷。"苏美达说。

"我帮你一起凑吧!"林宜甜说。

"不用!"

林宜甜生气了,打开包,呈现在苏美达眼前的是一堆旧书,"这是班里同学准备扔的书,你不让我去,我偏去,我用这些书和你竞争,让你一本都卖不出去!"

"我不信。"苏美达真是硬骨头一根。

"好,我们小街书摊上见,我还要找帮手,挤垮你。"林宜甜说。

"我也有帮手的!"苏美达说。

就这样,林宜甜找来了辫子 MM,苏美达找来了我。

林宜甜不好意思地笑了,辫子 MM 也笑,林宜甜说:"对不起,我不该对你们那么凶!"

"没关系!"苏美达说。

"我们四个以后就做好朋友吧!"辫子 MM 说。

"好呀,很好很好很好很好的朋友……"我说。我忽然发现自己还不知道辫子 MM 的名字:"我还不知道你的名字。"

"殷琴琴,和林宜甜同班。"殷琴琴可爱地晃着小脑袋。

殷琴琴!好美的名字!

"做好朋友,不谈感情。"苏美达认真地补充道。他还小声对我说:"你怎么也结巴了?"

我不语,心里知道我结巴是因为想强调"朋友"的特殊意义。

林宜甜和殷琴琴一齐点头:"嗯,不谈感情。"她们的样子很像樱桃小丸子。

我傻傻地笑了,苏美达呆呆地愣了,林宜甜却静静地哭了。

Chapter **9**
达达Q版《婴熊》

1.自编自导自演

听到这个消息,全班男女生都像动画片里的人物一样一齐张大嘴巴,大家都在怀疑自己的耳朵是不是出了问题。

苏美达是站在讲台上向大家宣布这个消息的,那天老师没来,全班在教室里自习,坐在前面的几个女生当时就发出了一阵"啊——"的长音。

我坐在下面,看着苏美达,突然感觉这个人我好像不认识了,他怎么会想起排小品呢?

沈文婷问他:"为什么排小品呀?"

"为了参加我市中学生艺术节!"

"可不可以透露一下小品的名字?"坐在前排的女生望月说。

"《婴熊》。"

"你要拍《英雄》?"许郁琳大惊。

"不是《英雄》,是婴儿的婴,狗熊的熊!"苏美达严肃地纠正道。

全班一阵爆笑。

坐在我前面的虞小叠迫不及待地说:"快给我们讲讲故事内容吧!"

"这个嘛!反正是一个超级超级好玩的小品,但是需要大家帮忙!"

"快说内容呀!帮什么忙?"许郁琳已站了起来,全班数她好奇心最强了。

"我缺几个演员,有谁愿意报名?"

全班同学都把手举了起来。

苏美达满意地点点头:"这个这个,我、我还要考虑考虑一下!"

"喂!快说小品内容!!"一个女生急了,大叫着。

"不急不急,小品讲的是三个同学如何偷取嬴政老师考题的故事。这三个同学,分别名叫:婴、熊、小芯。熊和小芯是恋人。嬴政老师突然宣布期末考试的成绩将向家长全面汇报,引起了班级的骚乱,大家为了得高分,都想去嬴政老师那里偷考题,而考题就藏在嬴政老师的抽屉下,于是,故事开始了……"

全班同学都把眼睛瞪得贼亮,很是期待的样子,其实大家都想过一把当演员的瘾。

于是,不管男生女生,从这天开始,都对苏美达毕恭毕敬,有的女生还整天跟在苏美达屁股后面磨叽着要当主角,而苏美达却一点都听不进去。

这天,我把苏美达堵在教室的楼梯口:"可不可以给我一个角色呀?"

苏美达满脸坏笑:"樱木灰,我猜到你想演了,角色都给你选好了。"

"哦?演谁?"

"小芯,你演一个女生。"

"啊?你你让我演女生?"我气得舌头都直了。

"是演女生,还要化妆、抹口红!"

"我不演了。"我说。

"好,这是你说的。"

回到教室,苏美达就嚷了起来:"招募演员,嬴政老师和熊要求女生,小芯要求男生,还必须能够忍受化妆、抹口红的折磨!"

苏美达刚说完,班里几个平时很爱搞怪的男生就争相报名,争着要演小芯,这些家伙最喜欢哗众取宠了,他们知道反串最容易引起女生注意。

单小刀也凑热闹,叫嚷着要演小芯,他还对我说:"宁不悔,你和老苏关系那么好,为什么不要求演呀?你可要知道,那是全市中学生艺术节,台下会坐好多好多漂亮美眉的!"

哦!美眉?我开始幻想起来,我穿着女生的衣服走上台,引起台下无数美眉狂笑,演出结束后,数不清的无知小女生堵在后台向我献花,高呼着:"宁不悔,我们爱死你了!"

转念间,班里已是人去屋空,我推开窗,看到操场上一大群男女生围着苏美达,还从苏美达手中抢一些纸片儿。那些人抢到纸片儿后,像看到钞票一样仔细端详,咦?苏美达又在搞什么?

我下楼,从一个女生手中拿过那种纸,发现是传单,上面印着招募演员的通知。

好你个苏美达!竟然面向全校招演员!我心里非常不爽。这时,几个男生从我身边走过,有个男生说:"听说演小芯可以迷倒无数美眉,我们也去试试吧!"

唉!最后,我不得不向苏美达低头,对他说自己还是想演小芯,苏美达二话没说,就在纸上写了我的名字。

主要演员敲定

嬴政——虞小叠

婴——苏美达

熊——殷琴琴

小芯——宁不悔

我看到名单时,心中对苏美达产生了无限感激,他知道我喜欢殷琴琴,就把她和我分到一起演恋人,真是爽透了。

演员敲定后,我看到殷琴琴来班里找苏美达,老苏对她说了几句话后,她就匆匆地走了。

我追上她:"你去哪儿?"

"找磁带,要数十首不同的歌曲啊!苏美达说是《婴熊》插曲!"殷琴琴说完头也不回地走了。

紧接着,虞小叠也秘密忙碌起来,并且还换上了男生的衣服,在班里说话也放大嗓子,动不动就什么:"嗨!哥们儿,最近在哪儿混呢?有泡美眉吗?"

班里的男生见了她,都躲得远远的,以为她心理上出了问题,男生都在背地里叫她 BT(变态)!

这天自习,我埋头书桌看漫画,突然,一只手搭在了我的肩膀上,我大惊!抬头一看,原来是虞小叠,心想这个 BT 找我干吗!她的手却死死地掐着我的肩,装作和我混得很熟的样子,说:"哥们儿,最近你怎么一点动静都没有呀,老苏没和你说呀?"

我未说话,先把她的手从我肩上拿开,又坐得离她远一点。她吃惊地看着我说:"我们不是哥们儿吗?怎么这么见外!"

"嗯,哪,啊,没什么,我不喜欢和别人勾肩搭背!老苏要和我说什么?"我的声音有点颤。

虞小叠一摆手,说:"没劲,算了,告诉你吧,老苏让你多和女生混,体验生活。"

"哦?怎么和女生混呀?像你一样,让我穿女生衣服,那样不如杀了我!"

"那看来你是不想演小芯了?"不知何时,一个男生从背后伸过来脑袋,像一头把脖子伸到别人家院子偷吃树叶的驴。

"谁说不想演了?学女生有啥难!"我最讨厌别人和我抢东西了,越抢我越来劲。

第二天,我就开始往女生堆里扎,她们聊天,我就在一边听,偶尔把脑袋伸进去插几嘴。虞小叠总是很用力地把我的脑袋推出来,嚷着:"你是熊的恋人,去找你男朋友去!"

我不理她们,就坐在座位上看漫画。四周的男生不时向我吹口哨,"喂,小芯!把你男朋友叫来给大家瞧瞧吧!"

我去找殷琴琴,她们班大扫除,她在最后一排擦桌子。

我发现她一点没变,不像虞小叠夸张的那么BT。

我说:"她们都在假装男生,搞得那么BT!"

她抬起头,愣愣地望着我,说:"哥们儿,有没有搞错,这不都是为了排小品吗?你干吗说我们BT!"

我晕,她说话的声音怎么突然变得这么粗又这么夸张了,真受不了。这个苏美达,真是没良心,把好端端的几个女生都给折磨成了BT。

四天后,我们开始排练,苏美达发给每人一份剧本,然后大家回去背台词。

苏美达见我没有什么变化,就说:"大家也算兄弟,如果你实在不喜欢学女生,公演那天,你就光说台词就行了,不用有什么表情的。"

我说:"行吗?会不会太死板?"

"不会的!你照我说的做就行了。"苏美达说话的样子很居心叵测,真不知道他又要搞什么鬼。

接下来的一个星期,我们《婴熊》里每个演员都认真地背剧本,熟悉角色,紧张地排练。

至于其中的细节,我就不想多提了,因为只有两个字可以形容——"噩梦"。

这期间,我最深的体会就是苏美达真是一个怪才,他居然会想出了这么离谱的小品来,令我刮目相看。

两个星期后,由苏美达导演并主演的小品,正式登上了市中学生艺术节的舞台。

2.小品正式开演

Can you feel it

The Jacksons

Can you feel it

Can you feel it

If you look around

The whole world's coming together now, babe

Can you feel it, can you feel it, can you feel it

Feel it in the air

The wind is taking it everywhere, yeah……

音乐太震撼了,竟然是《非诚勿扰》的男嘉宾入场音乐。

全场愕然。

音乐停了。

音响里传出一个清甜的女生声音:"老师,同学们,对不起,放错音乐了。"

冷场一分钟。

随后,音乐再次响起:"我知道你很难过,不爱看书,难考高分,

你何苦让自己越考越砸。

"别傻了,用你的脑袋,去翻开久违的书本,每一天必须玩命地学,不爱读书,难考高分,你挨揍的眼神令人心疼,没有一个人非要另一个人才能考高分,你又何苦逼自己面对监考。

"我知道你很难过,作弊的忙碌不是抄到就会有结果,别问怎么做才能得高分,这道理有一天你会懂……"(我一直弄不明白这个唱出篡改蔡依林歌曲不那么有味道的女生是谁!)

"风萧萧兮易水寒,壮士一去兮不复还——"扮演嬴政的虞小叠哼着小曲,踢着足球,蹦蹦跳跳上了台。她穿着牛仔裤,贴着假胡子,胸前挂着一只哨。

她跑到台上站定,吹了一声长哨后,说:"大家好,我是嬴政老师。前不久,我值班时,荆轲同学来到我的办公室,声称他已经截获 X 写给 Y 的情书,要亲自送到我的手上。于是,我允许他走进我的办公室,还没等我看那情书,就听外面有学生喊我,说有人打架了,我立即出门,结果打架的不是我班学生,这才发现中计。返回办公室,看到荆轲这小子正在翻我的抽屉,原来他要找明天的考试题,我将他狠狠教训了一顿,但并不想惩罚他,因为他爸是太子丹传媒集团的总裁,他妈是燕赵市副市长,这样的权势我哪敢得罪。但是,由于我做事太认真,训他的声音过大,不幸被校长看到,荆轲因此被记大过一次。这以后,我加强了防卫,再也没有偷考题的事件发生了。后天的期末考试,哼!哼!难哦!!"

说完,嬴政老师又吹了一声长哨,抱起足球:"考题就放在我的抽屉里,你想要吗?想要你就来拿吧!你不来拿我怎么知道你想要呀?来一个,我抓一个,来两个,我抓一双,抓到后送给你们家长,等着挨揍吧！挨揍吧！看你们还敢不敢再偷考题！"

嬴政下场，背景音乐响起，画外音——

"现在插播一条广告，我公司代办各种考试，替考、陪考，代办各种准考证、身份证，出售全市各中学期中、期末考题，有想购买考题者，请拨打电话@#@#$&×(。"

广告过后，扮演熊的殷琴琴和扮演女生小芯的我慢慢地走上台。

画外音：这是在学校后面的小花园中……

插曲响起："让我们荡起双桨，小船儿推开波浪——"

殷琴琴穿着肥大的牛仔裤和T恤，戴着棒球帽，手里拿着两个冰淇淋，背后背一个炸药包一样大的书包。

我穿着裙子（殷琴琴的），戴着假发，脸上淡妆，低着头，手里摆弄着一个小挎包。

台下是黑压压的观众，看不到人，只能感觉到有无数双眼睛在盯着我，台下很安静，我想他们也许还没有猜到我是男生。

殷琴琴演的熊说："这次必须去偷考题吗？像荆轲那样的高干子弟偷了考题都不能免罪，我去不是送死吗？你真的愿意看我被嬴政捉到？要么我请黑客攻入他的电脑，也许考题在电脑里！"

该到我说话了，我转过身，拍了拍"熊"的肩，突然，大脑一片空白，我忘词了。看来我只好瞎说一气了，我尽量把声音弄细："我、我、我没有考题怎么考试呀？这次一定要把考题偷出来，你不敢单独去，那我陪你……"刚说到此处，我就听到场下响起一阵又一阵的笑声，那笑声使台上的温度迅速提高。我的脸烧得厉害，如果此时有个地缝，我一定会马上钻进去的，我心里暗骂苏美达是混蛋，这样的角色把我害惨了，真是糗透了。

但我没有停下来,继续说:"据我所知,嬴政虽然有电脑,却根本就不用它做考题,他的电脑只用来玩斗地主、拱猪,考题一般都是放在他的抽屉中,如果你这次帮我偷到考题,明天,不,今天放学我就让你亲我!"

"此话当真?"熊(殷琴琴)瞪大眼睛,看着我的腿,好像在数我腿上粗粗的汗毛。

"一言为定。"我把裙子盖住黑乎乎的腿,心里好生别扭。

两人起身离开,殷琴琴唱道:"如果时间能把我们的恐惧稀释了,从此以后假装不熟各自抄着各自的题,只要不遇见令人头痛的监考,在考试的时候,会莫名地紧张,说好一定要努力考好啊,为何还有恐惧停在脸颊,你心里是否还是那个他,取代我在你身边陪你吗,取代我在你偷题成功后吻你吗……"(这是校园版萧亚轩的《吻》)

场下一直笑声不断,我走下台时腿都软了,有几个坐得近的女生眼睛紧盯着我的腿,脸上露出极度夸张的笑容,几乎变了形。有个女生还冲我大喊:"美女!你该修理你的腿毛了!"

我晕……

我下台后,背景音乐换成了周杰伦的《双截棍》

"拉面店的烟味弥漫隔壁复印社/店里面的老板娘考题有七套/教过数理化的老板出卖语文政治英语/压箱底考题最准的还是期末考试题/他们的儿子我从小就习惯专偷考题/什么数学跟理化我都答得有模有样/什么武器爱好最喜欢文曲星随身携带/想查英语汉语单词词组语法/查什么(客)有什么(客)考得高分心情舒畅/查什么(客)有什么(客)老师监考

抓不到/查什么（客）有什么（客）日考十场藏怀中……"

歌词是校园版的。

在音乐声中，戴着安全帽、护膝、护腕、护腿、迷你眼镜，滑着轮滑的婴（苏美达）上场了，他上场引起台下小女生一阵尖叫——酷毙了，帅呆了，场下男生气歪了！

就连殷琴琴都看得口水直流，我打她的脑袋，提醒她："结巴班长苏美达，不是你喜欢的类型！"

她生气地瞪了我一眼："你怎么知道不是我喜欢的类型？"

苏美达停在舞台中央的一块告示前，张口就念："抓到一个早恋者可进嬴政老师办公室，抓到两个早恋者可走近嬴政老师办公桌，抓到三个早恋者，可获得考题一份。嬴政。"

"疯了疯了！荆轲已经被捉到了，还有谁敢偷考题呀！如今早恋这么普遍，抓人家不挨一顿暴扁才怪，婴我荆轲考场七八年，偷过大小考题百余份，练就了一身偷考题的绝技，这次的考题我也绝不会放过的，谁也别想和我抢！"苏美达大叫一声，绕着舞台轮滑一圈。

背景音乐再次响起："屈指一算这所学校，我已经待了一年半，每天上课下课考试可没偷懒，早恋打架玩传奇我可勤快，留级生说我是块精料儿，传授我偷考题的精髓所在，日日苦练夜夜苦练，基本功不曾间断，到现在我的偷法精湛，数次考试我已高分大满贯，到现在我的手劲儿实在，留级生说能不能偷到嬴政的考题要过他那关，他叫我偷一次，啊?！偷考题，搞什么，这会不会太太……难啦，少啰唆我叫你偷你就偷呗，嘿！偷考题最简单也最困难，题要准字要清楚还要带答案，嘿！偷考题最简单也最困难……"《蛋炒饭》最新校园版。

苏美达下场,我和殷琴琴再次上场,这是在早晨四点钟,我们来到了嬴政老师的办公室门前,熊(殷琴琴)说:"门应该是锁着的吧,你叫我怎么偷呀?"

小芯(我)直直地看着她:"你傻呀!没有门,不是有窗户吗?"

"可这是五楼呀!"殷琴琴的样子很胆怯,好像双腿发软。

"五楼,也得给我偷到,你说,你今天想不亲我了?"我说这话的时候肚子里好像有什么东西在翻滚,想吐,我这辈子都没有说过这么多肉麻的话。

"这个,这个……想!"殷琴琴吞吞吐吐地说。

"想亲就去偷考题,乖哦!偷过考题就奖励你亲我!"我说。

"你可不能反悔哦,偷到考题就允许我亲你哦!"殷琴琴说话的时候像个小孩子。

"别废话,快去偷考题,再不偷,老师就来了!"我催促道。

殷琴琴用手轻轻推了一下门,门"吱"地开了,"咦,门没锁!"

殷琴琴大喜,蹑手蹑脚地走了进去,进入办公室,直奔嬴政老师的办公桌。

为了安全,我没有进去,只是站在门口四下张望。我看到殷琴琴围着嬴政老师的桌子反复端详,却下不了手,嘴还动着,好像在自言自语。我急了,对她大叫:"快下手呀!再不下手,就到上课时间了!"

殷琴琴还是不动,我再叫她的时候,她竟然跑了回来,拉上我就跑,脸上还呈现出见到鬼的惊恐表情。

我拉住她,说:"你干吗放弃偷考题呀?"

"我改变主意了!"她说。

"为什么?难道你不想亲我了吗?"我说这话的时候感觉嗓子发痒,

好像这次真的要吐出来了。

"想,但是,我真的不想偷考题了,有偷考题的时间不如回去好好复习呢!"说完,熊(殷琴琴)弃我而去,我追她,她也不理我。

"熊,我再也不理你了!"我大叫,声音都变了。

"我们不偷,可以让婴去偷呀!他可是偷考题专家呀!"熊说。

"我不管,反正明天必须看到考题。"我气呼呼地走下台。

背景音乐响起,画外音:"你尝过接吻的味道吗?你希望体验牙齿间碰撞的激动吗?你希望达到想什么时候接吻就什么时候接吻的境界吗?朋友,不要犹豫了,请速到学校旁边的真心超市购买'接吻'牌牙刷,物美价廉,买两个送一个,买十个送五个,联系电话@#$%$&^&。"

场下嘘声一片,竟然又是一则广告。

我下场后,在垃圾筒边狂吐五分钟,把裙子都弄脏了。

婴(苏美达)上场,走在去嬴政老师办公室的路上,他手里拿着一张纸条反复端详:"这是熊放弃偷考题后给我的纸条,上面怎么只写了两个字呢?'桌下'这两个字是怎么回事呢?难道他的意思是考题就在桌下,还是桌下什么都没有呢?真是搞不懂!咦,是不是考题有两份,桌上一份,桌下一份呢?"

这时,迎面走来了嬴政老师,他看了看婴(苏美达),说:"婴同学,快要期末考试了,你复习得怎么样了?"

"这还用说,老师你听我给你唱!"苏美达站定,背景音乐响起:"虽然经常去考试,还是没有把握,玩命去复习,忘记是星期几,我不知道,会考怎样!虽然不曾得第一,还是尽力复习,谁是你的那个第一,原谅我怀疑自己,我明白,你要的成绩,会把我累坏,像一个小孩,只

懂啃书答题，你要的成绩，不只是高分，要像个高才生，会学又会用，一定考上北大和清华。"戴佩妮《你要的爱》最新校园版。

嬴政老师听了苏美达的唱词后，非常满意，说："前两天班里有人偷考题，你要帮我留意一下哦！抓到后立刻送到我这里来，看到告示了吗？"

"嗯，看到了，我抓到他们一定会给您送来的。"

嬴政离开，苏美达再次翻出熊留给他的字纸："桌下！"

"这到底是什么意思呢？明天就考试了，今天必须把考题偷到手，这样才能保住明天取得高分。"苏美达坐在楼梯上，拿出大包，戴上了安全帽，迷你眼镜。

背景音乐响起："你如果没有安全感，把安全帽戴上，看不到你的脸是偷考题的最佳防护网，你如果没有安全感，把安全帽戴上，自信就能偷到最准的考题……"SHE《安全感》最新校园版。

就这样，做好全部准备的苏美达悄悄地走近了嬴政老师的办公室，透过办公室的玻璃窗，苏美达看到办公室里空无一人，他用手轻轻推了一下门，门"吱"地开了，苏美达惊讶："咦，门怎么没有锁？"

他一只脚刚迈进去，又收了回来："会不会是圈套，办公室怎么不锁门呢？"

背景音乐突然换了："磨剪子来，抢菜刀……"

场下一阵爆笑，苏美达犹豫，背景音乐再次响起："离开真的残酷吗，或者放弃才是可耻的，或者低分的人无所谓，无名无次无高分。前面真的危险吗？或者后退才是安全的，或者逃避比较容易吧，风言风语风吹沙。往前一步是考题，退后一步是考砸，风不平浪不静心还不安稳，一份考题锁住一个人。我等的船还不来，我等的人还不明白，

担心默默沉没沉入海,未来不再我还在……"任贤齐《伤心太平洋》最新校园版。

"如果我回去好好复习,是不是也能考取高分呢?如果努力一把也许可以呢?"苏美达自言自语,"不行,偷考题已成习惯,这次不偷,何来高分,怕什么?偷到考题就有高分,不偷就没有高分,偷!"

苏美达大踏步走进了办公室,小跑来到嬴政老师的办公桌前,苏美达呆住了。

舞台轻轻旋转,嬴政老师的办公桌正面已转向了全体观众,所有的人都看到有一个人正坐在桌下,双手拿着考题,那个人就是嬴政老师。

"呵呵,我等你好久了,没想到吧!"嬴政发出阴险的笑声,"考题在我手上,你想要吗?"

场下爆笑一片……

苏美达终于恍然大悟那个关于"桌下"的字条留言。"熊的意思是桌下有老师!"

"就是这个意思,熊同学偷考题时看到了桌下的我,在我的劝说下,他决定痛改前非,努力复习,我们还达成了约定,只要他能考取好成绩,我就不会追究此事。而他也向我做出承诺,为了感谢我的仁慈,他将引一个专业偷题贼来偷,没想到这个惯偷竟然是你!"嬴政失望之极。

婴(苏美达)惊呼:"熊——你这个骗子!"

说完,婴郑重地对嬴政说:"我从今以后再也不偷考题了,我决心努力学习,考个好成绩,你也要做一个好老师,把班级治理好!"

背景音乐响起:"如果不是下了那么大的决心怎能来偷考题,现在往回看每一步混乱原来都暗藏圈套，曾经还以为再不能承担一次失败的重量，今天终于知道惯偷也会有翻船的时候，再不用心存侥幸去偷取考题，遇上你我明白要考高分必须努力用功，考题没了高分完了我被捉到了，你是赢了我是输了我们考场见吧……"SHE《花都开好了》最新校园版。

婴（苏美达）回家后，遭到父亲一顿暴打，因为嬴政打电话给婴父亲，说出了他偷考题的全部罪行。

最后一个画面是婴趴在台灯下刻苦读书，当他抬起头时，仰天长叹："婴熊难过老师关！"

这时，响起了片尾曲："我知道你很难过，不爱看书，难考高分，你何苦让自己越考越砸；别傻了，用你的脑袋，去翻开久违的书本，每一天必须玩命地学。不爱读书，难考高分，你挨揍的眼神令人心疼，没有一个人非要另一个人才能考高分，你又何苦逼自己面对监考。我知道你很难过，作弊的忙碌不是抄到就会有结果，别问怎么做才能得高分，这道理有一天你会懂……"

小品大获成功，得了第一名。令我失望的是，我走出剧场的时候，并没有蜂拥而至的漂亮小女生。

但是，殷琴琴却对我热情了好多："现在还想吐吗？"

"不想了。"我说。

"你没忘带什么东西吧？"殷琴琴说。

"没有呀！"我愣了一下，殷琴琴怎么突然问起这个问题。

"樱木灰！你这个大笨蛋，我的裙子呢？"

"啊？裙子！"我突然想起我上台时穿的那条裙子，由于总是呕吐，把裙子弄脏了，脱下后，我就忘记放哪儿了。

"还我裙子！"殷琴琴追着打我。

旁边走过两个小女生，穿着校服，惊讶地看着我们说："咦，这不是熊和小芯吗？"

"是呀！演小芯的男生怎么长得这么丑啊！"

我晕……

这时，苏美达出现了，他送来了我弄丢的那条殷琴琴的裙子。

我惊讶："苏美达，你是在哪里找到裙子的？"

"一个小女生给我的，她说很想认识那个演小芯的男生。"苏美达说。

"哦，她在哪里？"我问。

"那不就是她吗？"我转过身，看到了刚才说我丑的两个小女生的背影。

看到苏美达坏笑的样子，我猜到他一定又是在和我开玩笑了。

后来，我回到班里，男生看到我时，都笑作一团。他们说出了真相：最开始的几天，苏美达找演小芯的男生，谁都不愿意；当时，他都快急疯了，于是就和一些男生串通一气骗我，让我以为小芯这个角色是多么抢手。

不过，说实话，这次演出确实挺有意思，至少殷琴琴对我的表演很肯定。她说："樱木灰演女生很像，如果下次有这样的机会，我还愿意与他合作。"

下次，哼！哼！下次我一定骗苏美达演女生，一定很有趣！

Chapter 10
军训遇险记

1.为了子弹壳冒险

军训第六天中午,经过一番侦察,我在部队门口对苏美达说:"在这里军训我们会有意外的收获,还能发点小财,你信不信?"

苏美达一听忙用手捂住我的嘴巴:"不要命了,发财竟发到这里,你该不是要盗窃枪支吧?"他的声音出奇地响,惹得几个女生向我们直抛"卫生球"(白眼珠)。

"不是偷,是捡!捡子弹壳你懂不懂?"我有些不屑地强调。

我骗他说我知道有人收购子弹壳,价钱还很高。我这一说,不禁激起了他的希望,因为他总是为班费发愁。我非常喜欢子弹壳,当兵的表哥曾送给我几十个,后来被来我家参观的同学们搜刮得所剩无几;如果这次去捡,说不定能弥补我过去的损失。至于子弹壳能卖钱,我是骗苏美达的,傻瓜才会相信呢!

于是,苏美达答应和我一起去捡。

下午,烈日炎炎下正步走了一个小时后总算可以休息了,同学们站在树阴下聊天,教官不知去向。趁这个机会,我和苏美达借口上厕所便离开了。没走几步我就发现有个人在营房门口注视着我俩,仔细一看,是指导员。

我俩毕恭毕敬地向指导员打招呼,担心他会突然拦住我俩来一番

军训遇险记 Chapter 10

质问。结果,指导员只是微笑着向我们招了招手,什么也没说。他这人挺怪的,总是站在营房前用鹰一样的眼睛观察我们,好像在琢磨我们这些人将来哪个会成为他的兵。

部队营区建在山脚下,整体分营房和训练场两部分,我们军训的地方只是营房之间的一块空地,要去训练场捡子弹壳必须经过一个月亮门。

我和苏美达鬼鬼祟祟顺着墙根走,因为墙根有矮松树作掩护。我俩没被人发现,顺利地到达了月亮门门口,万幸的是门没上锁。

进门前,我指了指山顶上的旗杆,对苏美达说:"我们要在红旗升上旗杆以前离开训练场,不然就惨了。"旗杆升红旗是部队要打靶的信号,打靶时训练场戒严,我俩就会被困在里面,但今天这种可能性很小。

2.子弹从头顶飞过

训练场宽阔无比,中间一块大草坪,四周是乱七八糟的训练设施。这里空无一人,我和苏美达自然也不用鬼鬼祟祟了,可苏美达很胆小,迈着小步,在我背后磨叽:"樱木灰,这样做不太好吧?"

我说:"兄弟!到这里就像到你家一样了,捡多少算多少!"

"好吧!不过,我发现这里景色很美哦!"真没想到,苏美达还有欣赏景致的雅兴。

接下来,我俩就像工兵排雷一样专注于自己的脚下,把散落于草坪上的子弹壳拣出来。我边捡边四下张望,我已做好准备,一有敌情马上卧倒。我的目光无意间落到了四周的围墙上,居然都有铁丝网,我的心霎时凉了半截:我俩不会困在这里出不去吧?

"快过来!这里有些新的子弹壳!"苏美达在不远处喊我。我走近一看,那是一个训练用的深坑,近两米深,周围用砖垒得十分整齐,坑内有许多子弹壳。苏美达这家伙此时显得极其贪婪,自己先跳了下去。好东西怎能由他一人独吞,我也随后跳了下去。

一番你争我夺后,他先气喘吁吁地爬了出去。我也拍拍手往上爬,可却没他那么成功。我这人比树懒还反应迟钝,不管是从深坑的哪个角度往上爬都以失败告终。苏美达像看耍猴一样在上面幸灾乐祸，狂笑不止。我说："我要是被捉住你也跑不了！"他急忙停住笑，说只是开个玩笑，然后跳下来，让我踩着他的肩爬出来。

我们继续谨慎小心地往训练场深处走，但收获不大，因为这里都是模拟楼房，说白了就是一堵几层楼高的墙，训练时抓着绳子爬上爬下的，谁会在这里打枪！子弹壳自然寥寥无几。

我们十分沮丧，一屁股坐在地上，数了数自己的子弹壳。"我这点儿还不够买书包，不如去靶子那边转转，那里子弹头一定不少，你敢去吗？"苏美达向我挑衅。

"去就去，谁不去谁是警犬！"我一把拎起坐在地上的苏美达，开始向靶子那边移动。

靶子设在山根下，去那里必须越过许多障碍物，深坑也数不胜数，我俩跳下去爬上来，每次都是我踩着他的肩上来，这让我有种狼狈为奸的感觉。

到了靶子那里，我们不禁欣喜若狂——在靶子后面的深坑里有许多的子弹壳和子弹头，深坑像战壕一样又深又长。我们刚准备捡，苏美达突然变得脸色惨白："不好，红旗升起来了！戒严了！"我一看山顶上的旗杆，也顿时傻了眼，我们出不去了。

"啪！啪！……嗒嗒嗒！……"

我还没来得及多想，耳边就响起了步枪和冲锋枪的声音。我和苏美达赶紧捂起耳朵蜷缩在坑里，子弹有的打在靶子上，有的飞了。有颗子弹从我头顶飞过，打在深坑的墙上，吓得我浑身冷汗……

3.闯入军事禁区

枪声响了十余分钟后停了,已是黄昏时分。我用手向身后摸了摸,却什么也没摸到!苏美达怎么不见了?

我急忙转身,发现苏美达竟然吓得趴在了地上。

我没好气地揉了一下苏美达:"达达,我们该怎么办?"

苏美达抹了一把脸上沾的泥土,从坑底爬起来,说:"如果原路返回是肯定出不去的,很可能被捉住。只有往山上走,虽说山上有一半被部队用铁丝网圈起来,但肯定有中断或破裂的地方能出去。"

我极力反对,因为山上是部队演习用的,是军事禁区,一旦被发现,那后果可不堪设想。

这时,训练场那边传来脚步声,我慢慢探出头,原来是几名战士在跑步。苏美达催促我:"我们总不能在这里待一夜吧?你不走我走!"

我也没了主意,只好踩着苏美达的肩膀爬出坑道跟着他走。没走多远,我们又看到一条战壕的入口。苏美达说这条战壕估计能延伸到山顶,沿着它走,也许会找到出口。我们两个一前一后走着,像两只找不到家的狗熊。

为了缩小目标,我们又跳入战壕里。走了一段时间,我们就隐约看到了建在树丛中的铁丝网。这时,天快黑透了,我看到铁丝网附近似乎有蓝色的眼睛在盯着我们。我扔了一块石头过去,树丛动了几下,蓝眼睛不见了,我问苏美达那会不会是狼呀?他说现在要想遇到狼得到动物园去,如果真的遇到了,我们两个已不能在这里说话,早成了狼的美食了。

苏美达看着我,笑了笑:"别总是神经兮兮的哦!樱木灰什么时候变得胆小起来了?"

"谁胆小了,我只是问问。"我嘴上逞能,心里却七上八下的。

又向前走了几步,苏美达猛然停住脚,冲着树丛一抱拳道:"各位草木大哥:小弟初到贵地,人地两生,只想寻个出路,绝无冒犯之意。在家靠父母,出门靠朋友,仰仗各位了!"说完,深鞠一躬。

他的样子像巫师在说鬼话,我拍了拍他:"快走吧!我看你也有点神经兮兮的,再这样,我不被你吓死,也差不多了!"这次我把他扔在了后面,他仍意犹未尽地念念有词。

我们沿着铁丝网继续深一脚浅一脚地摸索,脚下是高过膝盖的杂草,头顶是枝叶遮天的树木,偶尔还有老鼠、野猫、松鼠一类的动物从身边跑过跳过,吃惊地瞧上我们一眼。

又走了一段时间,仍没找到有缺口的铁丝网,苏美达抱怨说:"现在这动物怎么这么没远见,只知道在铁丝网里吃喝玩乐,也不挖个出口,让我们也借借光。"

"它们肯定当这里是动物园了!哎!注意脚下……"我突然看到铁丝网没有了。

苏美达兴奋不已,一头扎进铁丝网的缺口处,只听到"扑通"一声,接着传来一声惨叫……

我急忙走近缺口,不禁倒抽一口凉气——铁丝网的缺口外是一

条又宽又长的山沟,再往沟里看,黑洞洞一片,至少有几十米深,这要是掉下去不摔个稀巴烂才怪呢!我的心一落千丈:完了,苏美达摔死了!

我悲痛万分地往山沟边缘跨了两步,想仔细看看苏美达掉到什么位置了。

我边张望边喊:"苏美达!苏美达!"

突然,脚下有人惨叫:"呀!樱木灰!你踩到我的手了!"

我马上缩回脚,蹲下一看,是苏美达!他正双手扳住一个树根趴在山沟的斜坡上。我又惊又喜:"你怎么没死呀?!"

"快拉我上来!苏美达没那么容易死的!"

苏美达话音刚落,只听"哗啦"一声,他辛辛苦苦捡来的子弹壳全部掉进了山沟里。

4.意外的收获

我费了九牛二虎之力才把苏美达拉了上来,两人都累得精疲力竭,他的衣服划出了许多口子。他摸摸装子弹壳的空口袋,又望望黑洞洞的山沟,痛不欲生。

我见他那样子又可笑又可怜,便安慰他说金钱乃身外之物,生命才是最重要的。苏美达问我现在去哪里,我说不知道。

我俩来到山腰上的一个水泥平台上坐下。

天空星光灿烂,圆月像米星希老师的眼睛,静静地审视着我们。苏美达指着远处一片灯火通明的地方说:"现在家里该吃饭了,除了我们,世界上不会有第三个人知道咱俩在遭罪。"

他这话令我发觉肚子正在唱空城计,我也想家了。突然,我觉得脸痒痒的,用手一摸,满脸都是小包,还有双手、双脚也是。

"不好!有蚊子!"

这一发现不要紧,我顿感浑身上下一阵刻骨铭心的痛痒。苏美达也反应过来了,双手在身上抓来抓去,痛苦不堪。

这时,我听到有只蚊子正嗡嗡地在我周围盘旋,我顿觉毛骨悚然——山顶的蚊子可是特别野蛮、健壮啊。

还没容我们多想,身边的蚊子便像轰炸机群一样多了,随之,便

军训遇险记

列成方阵从各个角度向我们发起猛烈进攻。我和苏美达把衣服往头上一蒙,就没命地往山下跑,蚊子好不容易遇到了两块大"点心",哪肯放弃,在后面穷追不舍。

我俩一口气跑进了训练场,跑到了月亮门前,拼命地敲门。里面出来了人,几束强烈的手电光直射到我们的脸上……

我们被带到一间屋子里,借着灯光,我们看清了自己根本就没了人样,也看清了走到我们面前的指导员。我们见到他就像见到亲人一样,百感交集,差点没哭出来。

我和苏美达身上被蚊子叮得满是血红小包,指导员拿出了药水给我们涂在身上,并给我们换了衣服。我们后悔不已。我把身上的子弹壳都掏出来,放到桌子上。指导员说下午军训我们不在,教官以为是回家了,指导员虽猜到我们闯入了训练场,但不能确定,打靶也只打了一次,寻思我们若是在里面,听到枪声就会马上出来。可我们没有,因此才白受了这么多的罪。

第二天是军训的最后一天,同学们看到我和苏美达都穿着军装,羡慕不已,非让我们说是怎么弄来的不可,我们当然没敢说昨天的事。

和教官一起开联欢会的时候,苏美达捅捅我:"你还会成天胡思乱想发小财吗?"

"不会了。"我说。

"真的?"苏美达不信。

"那当然了,不过我还有个意外的收获。"我装作很不屑的样子。

他说:"不会再想发小财了?"

我点点头。

苏美达也苦笑着点点头:"我也有收获呀!"他说着从兜里掏出一把东西放到我的手里。

我惊讶得差点叫出声——是子弹壳,而且都是崭新的。

苏美达说这些子弹壳全是昨天打靶时的,指导员让我们好好珍藏,记住昨天的教训。我握着那些子弹壳,许久说不出话来。

Chapter *11*
苏美达的恋爱攻略

1. 将计就计

"什么,什么?月底还、还要搞集体舞比赛,名次还要作为评选优秀班级的一项?这不是给我出难题吗!"苏美达嘴上不住地抱怨,脸上却表现得信心十足。

"达达,你是班长哦!全班都指望你呢!"我说。

"是呀!在学生会主席的面前我会努力做,不然还能怎么办呢?近来,所有头痛的事都聚到了一起折磨我,做这个班长真不容易。"苏美达叹了口气。

进教室刚坐到椅子上,文娱委员顾凌企鹅般走了过来:"班长,告诉你一个好消息,四班的蜘蛛精刚才又来找你了,早晨已经来过三次,她说中午还要来,没想到她也有低三下四的时候!去年向她借服装时看她那德行!"

蜘蛛精是四班的班长,名叫米晴,长得像电视剧《西游记》里的蜘蛛精(由此朋友们也可以想象她有多漂亮了吧),因而被痛恨她(我怀疑是嫉妒她)的顾凌以此名命之。近几日她对苏美达围追堵截的目的是要他在校学生会主席那里给她说几句好话,让她顺利当选校广播台的DJ,可苏美达近日忙得焦头烂额,哪有工夫为她的事去磨牙!

苏美达的恋爱攻略 Chapter 11

我曾背地里问苏美达和顾凌是不是有特殊关系,苏美达听到这话,气得脸都红了:"除、除了竞争对手这一层关系外,她不是我的任何人!"

虽然如此,顾凌还是视米晴如仇敌,唉!顾凌也真是,何必对她那么耿耿于怀呢!简直神经过敏!

见苏美达心不在焉,顾凌用书猛敲苏美达的头:"苏美达,去年我们班输给四班主要是由于服装问题,今年班费又赤字,如果这次又因服装问题影响名次,那就不怪我了,你看着办吧。"

"好吧!这次我去攻关,服装由我解决,你总该满意了吧!"没办法,看来关键时刻还真得苏美达出马。顾凌闻听此言顿时笑逐颜开,不过,转瞬间她又板起了面孔:"这可是你说的哟,咱们一言为定,你借服装,我来排练,我在一星期内要看到服装。"然后,意味深长地看了我一眼,甩下一句"小心赔了夫人又折兵",便企鹅般地走了。

既然话已出口,当然就要付诸行动了;可去向竞赛对手借服装,这不明摆着是自讨没趣吗?想当初顾凌不就是没充分认识到这一点,还真以为"友谊第一,比赛第二"才碰了一鼻子灰的吗?苏美达这次可不能再犯同样的错误了。于是,怎么既达到目的又不伤及面子向米晴借服装,成了那节化学课我和苏美达聊天的主要内容。在下课的铃声敲响之时,我终于想出办法来了,那就是——苏美达与米晴假装谈恋爱!

为了此计划顺利实施,我给苏美达制定了三大原则:一是说断就断,一刀两断;二是不拿人家任何财物,省得欠人情;三是为了不损坏我们的名誉,一切秘密进行,免得最后黏黏糊糊不好收场。

2.图书馆的单刀直入

午饭后,苏美达按照我们事先的计划坐在教室里,静等米晴找上门。不知过了多久,米晴满脸笑容地站在了我们班的门口向苏美达招手,苏美达刚站起身,就听到他后面一个冷冰冰的声音说:"这回就看你的了。"不用回头我就知道那是顾凌。

苏美达走出教室,给米晴使了个眼色,径直往前走,我知道苏美达不想在顾凌的监视下施展自己的雕虫小技。顾凌似乎是苏美达肚子里的虫子,有时候比他自己还清楚他,你说怪不怪?因此苏美达虽然贵为班长大人(也是学生会老师那里的红人,事实如此),而她只是我们班一个小小的文娱委员,但是,苏美达却有点怵她。

米晴很聪明,马上领会了苏美达的用意,一声不响地跟在他后面。

苏美达按照我的计划一直走进了图书馆,来到一个大书架后面,因为去人少的地方说话比较方便,也比较有情调。苏美达拿了本书假装翻看:"你还是那件事吧?"米晴点点头,拿本书遮住脸说:"你这几天怎么连影子都找不到,同学有事求你,躲什么呀?"

苏美达压低声音:"你还不知道吧!我们班那些长舌丫头见你这几天总来找我,就造谣说你正在追求我,说什么你我关系不一般。"米晴这人天不怕地不怕,大方得令人恐惧,苏美达后来对我说,他当

时猜这种单刀直入的谈话方式对她效果会更显著。

不出所料,米晴一听满不在乎:"你这人怎么这样胆小,我在追求你,那又怎样?关她们什么事?无聊!"

苏美达见米晴上钩,立刻变得一本正经,他含情脉脉地说:"你这话是真的吗?"

米晴一时语塞,脸腾地红了,羞涩地说:"我可以不回答吗?"

这时上课的铃声突然响起来,苏美达急忙说:"喔,对了,你的事我和学生会主席说了,你明天来这里等我好消息吧。"米晴没有回答,深深地看了苏美达一眼就跑了。

第二天中午,苏美达怀着一颗忐忑的心来到了图书馆,他说他当时不敢保证昨天的色胆包天是不是吓着了米晴。说实话,这也是他的第一次,而且这些破招也全是苏美达从一本自己喜欢的杂志上学来的,天晓得会不会奏效。可当苏美达远远地看到米晴的身影时,他不禁暗笑:真是天助我也!

米晴穿了一身新衣服,头发很淑女地束到背后,用一个精致的木制发卡吊起来,此时正捧着一本书,装腔作势地把头埋到书里。苏美达悄悄地走到她跟前,问她看的是什么书。米晴被他的问话吓得一激灵,赶紧把书放了回去。苏美达把书拿出来看,差点没被乐死,那只是一个空书皮,里面什么也没有,看来她已方寸大乱。苏美达更加信心十足,开始信口胡诌起来。他说学生会主席对她很是欣赏,也有意吸收她做DJ,但她的经验还不够,基本功也还不够扎实,尤其是朗诵方面还亟待加强,学生会主席希望苏美达能够帮助帮助她。接着,苏美达就将事先买好的诗歌朗诵会的票递给她,问她是否愿意去领略一下名家的朗诵风采,兼而去学习学习。

米晴看到票很高兴，虽然苏美达并未表现出死缠烂打的神情，但她还有点怀疑："你？你指导我？你自己？"

苏美达知道米晴指的是他的结巴，有点尴尬，忙转移话题："朗诵会三天后进行，如果你感兴趣，这张票就送给你吧，我再去搞一张，我也不想错过这次大好的学习机会。"

其实，送给米晴的票是苏美达买的两张票中的一张。

3.我是一个大骗子

此后三天,苏美达并未与米晴见面,米晴也一心埋在她们班的舞蹈训练中。顾凌一听到她们班舞曲响,便气得又跺脚又摔本子,追问苏美达服装的事,苏美达这才发觉自己把服装的事忘在脑后了。

事不宜迟,我告诉苏美达,你应该主动出击!不然,顾凌不扭断你的脖子才怪。

这天放学后,苏美达在班里等米晴,可她却迟迟不来,苏美达想上去找她,又怕她班同学洞察他们的秘密。于是苏美达灵机一动,与我一同到了广播室,让我对着话筒大喊:"四班的米晴同学,请速到一楼广播室,有人找!"

这办法真灵,不到两分钟,米晴就从楼上跑了下来,苏美达问她:"朗诵会快要开始了,你要是不去我就先走了。"

米晴迟疑了一下,说:"去,走吧!"

朗诵会开始时天已经黑了,苏美达和米晴坐在会场中间,不高不低,他们的谈话声也不高不低。

米晴问苏美达:"你们班的顾凌怎么整天都凶巴巴的?"

苏美达说:"她在和我怄气,我们正在为集体舞的服装发愁呢!"

苏美达装出万分无奈地叹了一口气,接着说:"我要是借不到服装，顾凌不把我逼死是不会罢休的。"

米晴说："这事你怎么不找我？我能帮你呀！"

苏美达忙客气："那怎么行！我们班用了你们的服装，你们班怎么办？"

米晴摆摆手："没事！我们班的我自己能想办法，明天下午放学后你来拿服装好了！"

我和苏美达万万没想到米晴会这么痛快就作出了决定，她明明知道我们两个班是竞争对手，该不是她的大脑出了问题吧？还是她真的想和苏美达……恋爱？也有可能！

朗诵会结束时已是晚上九点，米晴不敢独自回家，说回到家她爸不骂她个狗血喷头才怪，苏美达毅然决定送她回家，因为今天不管是早一小时回家还是晚一小时回家，苏美达都会挨骂的。

苏美达把米晴送到她家楼下时，一个晃晃荡荡的男人冲了过来，一把揪住米晴的胳膊大叫："这么晚你到哪儿去了？他是谁？"

米晴撒娇说："爸，我们学校搞活动才回来晚的，他是我班同学，是老师让他送我回来的。"

"我怎么没见过他，我怎么瞧这小子贼眉鼠眼的！"米晴的爸爸鹰一般的眼睛在苏美达的身上睃来睃去。苏美达这人历来胆小，见此情景，便知趣地说："叔叔，再见！"然后撒腿就跑，他可不想把事情闹大！

第二天下午，苏美达顺利地拿到了顾凌急需的舞蹈服装，顾凌乐得脸上开了花，他却高兴不起来，因为苏美达从小就没做过昧良心的事，他一想到米晴那真诚的笑脸，就骂自己是个大骗子。可事到如今，为了我们班梦寐以求的"优秀班级"称号，这个戏苏美达还得演，但是他越来越担心这戏该怎么收场。

4.我好像真的爱上了她

苏美达和米晴的交往日益加深,看起来米晴真的进入了情境。她每天不再醉心于舞蹈排练之事,而苏美达也每天中午假公济私地在广播室为米晴点歌,署名是苏永康。

两个星期后,米晴向苏美达诉苦。由于她对舞蹈排练置若罔闻,弄得同学们众叛亲离,她们班的集体舞比赛之事也凉了下来;可这本应该是文委的事,大家不去怪文委,倒说她这个班长不负责任,现在的班长怎么这么难当。那天,苏美达和米晴坐在路边的冷饮店里,米晴一边抹眼泪,一边大吃冰淇淋,一口气吃了九盒,结果苏美达当天的零花钱全部告罄。苏美达由此悟到了一个真理:女人悲伤的时候,不管多么可怕的事都能做得出来。

集体舞比赛那天,全校各班都在操场上抓紧演练,可米晴她们班却像没事人似的,一个个趴在窗台上看热闹。苏美达问顾凌是怎么回事,顾凌拿着镜子照来照去:"我只管我们班拿第一,别人的事我怎么知道?"

比赛开始时,主持人公布参赛班级的名单,却没有米晴她们班,我到团委老师那里一问,才知道米晴她们班弃权了。

比赛结果可想而知,连班主任老师领来看热闹的五岁儿子这个小

苏美达的恋爱攻略 Chapter 11

毛头都猜得准确无误。在公布名次后，学校又公布了本学期的"优秀班级"称号获得者名单，我们班和米晴她们班均获得了此称号。

这样一来，苏美达一颗惭愧的心稍稍有了些许安慰，不然他以后有何颜面面对米晴呢？他假模假式地和她谈恋爱，以达到自己的目的，却陷她于不仁不义之中，这也实在是……实在是，唉！

一想到米晴，他迫不及待地想见到她，他感觉自己好像真的爱上她了。不行，我当初给他定下了原则，他怎能背叛自己！喔！我这才想起，她们班没有参赛，怎么也获得优秀班级称号？

5.两个班长一场戏

为了了解事情真相,苏美达把米晴约到曾请她吃冰淇淋的那家冷饮店,他向她坦白了一切。米晴听完后,静静地看了苏美达一会儿,随后爆发出一阵大笑。

苏美达被米晴搞得晕头转向,忙不迭地赔礼道歉:"米晴,你别激动,是我错了,我还请你吃冰淇淋吧!"

米晴笑得流出了泪:"我不是故意的,我那天用眼泪骗了你的冰淇淋,我才是个大骗子!"

米晴告诉苏美达,当初她见他对她从不理不睬到急剧升温,就觉得有点不对头,特别是那天在图书馆里,苏美达那十分露骨的话更令她怀疑。她说她猜不透他要和她恋爱是真还是假,为了进一步观察他,她第二天换了一身新衣服。后来,她从他那张该死的、不会掩饰的脸上猜到了他的心思,便决定配合他恋爱;她想看看他到底有什么高超恋爱策略,也想知道他怎么收场,没想到他会不打自招了。

米晴说她后来把和苏美达配合"恋爱"的事告诉了她妈妈,遭到她妈的一顿臭骂,就是在她向他诉苦的前一天晚上。第二天她满肚子委屈无处发泄,就找到了苏美达,瞎编一通,结果换来了他的同情和

冰淇淋。

苏美达问集体舞之事,她说学校早已决定让她们班参加市中学生艺术节,所以,她们根本不用参加学校的比赛。

朋友们,你们知道后来的情形吗?能告诉你们的只是米晴如愿当上了DJ,和苏美达一样成了学生会的骨干。至于他们两个的关系嘛,是否和从前一样乃是他们两个人的秘密,我不知道,其他人也不知道。

Chapter 12
看苏美达72变

1.为谁而变声

苏美达真的变了,为了一个人而变化,彻彻底底地变了,像一只即将变成蝴蝶的小虫。

我问他这个人是谁,他不说。

大家都感到很突然,认为是忽然之间、猝不及防的变化。

但我认为不是这样的,他从一开始就在变化,慢慢地,不动声色地变,像一只即将破茧而出的昆虫,只是他最近变化的速度更快了。

首先是声音,他正在努力改正结巴的毛病。

上学的路上碰到同学,他总是大声地打招呼,即使结巴,他也不退缩;上课时,他抢着回答问题,大声地朗读课文,虽然结巴得很严重,但他坚持不懈,曾有女生叹息道:"让结巴来得更猛烈些吧!"

有一天,他问我:"樱木灰,我真的可以改掉结巴的毛病吗?"

"当然了,你一定会改掉的。"我鼓励他。

"可是、可是、可是,为什么我有的时候还是会说不出话来呢?说话前,我已经在心里叮嘱自己无数次,不要结巴,但还是结巴了,这是为什么?"

我不知道怎么回答他,但是我相信他会练好的。看到他愁眉不展的样子,我决定帮助他,发动全班帮他改掉这个毛病。

这天，我提出帮苏美达改掉结巴的建议得到了全班同学的响应。

沈文婷说："帮是帮，但具体要怎么做呢？"

"这个容易，他结巴的原因主要是说话少，不敢说话，我们以后让他多说话不就对了。"虞小叠说。

"是呀，我们主动和他说话，和他高声地说话，这样一来，他慢慢地就不紧张了。"望月说。

"还有很重要的一点，大家以后不要因结巴取笑苏美达了，连善意的玩笑都不可以。"

"算上我一个吧！"门开了，米星希老师微笑着走了进来。

大家一齐点头。

就这样，我们改造苏美达的计划就正式实施了。

第二天，从走进学校以后，班里所有看到他的同学都和他打招呼。

"苏美达！苏美达！苏美达……"苏美达被叫得头像木偶一样转来转去，把我都转晕了。

苏美达问我："大家这是怎么了？我没做什么惊人的事吧？"

"没有，没有。"

走进教室以后，和苏美达说话的人更是多得数不清——

"班长，运动会哪天开呀？"

"班长，你看我报长跑怎么样，1500米？"

"班长，饮水机里没有水了，你叫人换一下吧！"

"班长，这本英文小说有一段我不会读，你帮我读一下吧！"

"班长，我的这封情书写得怎么样，你帮我念一下，让大家帮着修改修改。"

"班长，你看我为运动会写的稿子怎么样，你先念一下吧，找找

感觉。"

"班长,你看我今天穿的裙子漂亮吗?"

"班长,班长……"

这个早晨,苏美达应付着同学们的各种要求。他第一次在早晨说这么多的话,开始时还结结巴巴,说话时手总是放在屁股后面。我知道他想拍屁股,这样会说得痛快一些,但是他没有那么做,我想这也是他非常想改正的一点。

后来,米星希老师来了:"苏美达,今天的晨读由你来读,就是鲁迅的这篇文章《祝福》。"

苏美达走上讲台,脸色通红,他不好意思地笑了笑,然后开始读起来……

此后的每一天晨读,米星希老师都让苏美达来读,虽然有时他紧张得说不出话来,满头大汗,或者张嘴就是"阿吧吧!阿吧吧!"但是班里却没有人嘲笑他,每个人都认真地听他读。他顺利地读出每一句话,同学们都倍感快乐,因为我们已经下定决心改变苏美达。

不光同学们在努力,苏美达自己也不含糊,连骑车上学途中,他都大声地背诵美国诗人惠特曼的《啊,船长,我的船长!》:

"啊!船长!我的船长!我们的艰苦航程已经终结;这只船度过了一切风险,我们争取的胜利已经获得……但是,啊,心呀!心呀!心呀!啊,鲜红的血液长淌;甲板上躺着我们的船长;倒下来了,冷了,死了……"

他的声音很大,引得路人都用异样的眼神看他。

当他大声地念道:"倒下来了,冷了,死了……"路边一个骑自行车的人突然像中了咒语一样,连车带人"咣当"摔倒在地,摔得那人一个"狗吃屎",真的是"倒下来了"。

而苏美达还在没完没了地念经似的:"倒下来了,冷了,死了……"

那人表情痛苦地站起来,对苏美达大叫:"白痴呀!别念啦!谁冷了死了的!"

此时,我和苏美达已远去,苏美达仍像唐僧念紧箍咒一样念着:"倒下来了,冷了,死了……"

我马上扫视四周,看有没有配合他的诗倒下的。这时,路边一个躺在长椅上假寐的中年人腾地坐了起来,惊恐地自言自语道:"谁冷了,死了?"

我笑得肚子都疼了:"苏美达,我们快点上学去吧!不然,该出交通事故了。"

苏美达点点头,闭上嘴,一声不响地向前骑。突然,他叫我:"樱木灰,冷了,死了!"

"别叫我的名字!"我低头一看,一只被车撞死的小狗痛苦地躺在地上,果然是冷了,死了。

2.既要变声　又要变形

苏美达的妈妈为苏美达在口吃康复中心报了名。

治疗期是一个月,一般口吃患者只需十五天,由于苏美达是在校学生,只有放学后和周末才能去,所以要延长至三十天。

苏美达去口吃康复中心的第一天,表现得很紧张。他问我:"那个地方是不是到处都是结巴呀?"

"当然了,但是我听人说,那里的结巴都比你严重,有的根本就说不出话来。"我安慰他。

"真的?但是我怎么有一种进精神病院的感觉呢?"

"这个嘛,到那儿你就知道了,这次你会成功的,三十天后,正是学校运动会,如果治疗成功,你就可以在运动会上献辞了。"

"但愿吧!"

由于我这个人好奇心比较强,放学后,我陪他上康复中心去。

康复中心离学校不远,楼体是白色的,像医院,四周长满了各种枝繁叶茂的树木。我心想,环境还不错,但治疗效果就不知道怎么样了。

走进康复中心后,我看见两个口吃患者面对面边打手势边说话,像唱歌一样。

我对苏美达说:"你看,严重的就是这个样子,说不出话来,你比他们强多了!"

在教室门口,苏美达拿着发票顺利地进去了,看门的是个戴眼镜的中年男子,他拦住了我的去路,向我伸出手:"发票!"

"我是陪朋友来的!"我笑嘻嘻地说。

"别对我笑,你这样的人我见多了,想蒙混过关,不可能!"他大声叫道,"我要看你的发票!"

"我真的是陪朋友来的,你就让我进去吧!"我心里暗骂,你以为这里是女生宿舍呀,我挤破脑袋也要进去。

男人拉长声音:"不行——我怀疑你也是一个口吃患者!"

"啊?你说我是口吃患者?"

"对呀,不信试试。"男人把我拉到走廊里,拿来一张纸。

我问他:"你要干吗?"

"照着纸念!"男人一只手放在我的肩头,摸索着我的脖子。我害怕他真的掐我的脖子,于是只好念。

"事先说明,我不是结巴。"我扭头说。

"是不是,试了才知道。"

我一看,是绕口令,而且还是一个熟悉的,就念了起来:"四和十,十和四,十四和四十,四十和十四,说好四和十,得靠舌头和牙齿。谁说四十是'细席',他的舌头没用力;谁说十四是'适时',他的舌头没伸直。认真学,常练习,十四、四十、四十四……"

我非常流利地读完绕口令,男人皱眉,一副铁面无私的样子,又拿来一个给我读。我一看就傻了,这个绕口令也太绕口了。不过我不能露怯,我读:"山上住着三老子,山下住着三小子,山腰住着三哥三嫂子。山下三小子,要找山当腰三哥三嫂子,借三斗三升酸枣子,

山当腰三哥三嫂子，借给山下、下、山小子、山、山、山斗山升山嫂子……"我舌头硬了，弯下腰，不住地咳嗽，实在是读不下去了，这什么绕口令，简直叫折磨人。

"怎么样，最后还是结巴了吧？在门外待着吧！"男人说完关上了教室的门。

这时，我听到教室里传出参差不齐的声音，像小学生一样大声地喊着："山——下——三小子，要——找——山上三老子，借三斗三升酸枣子，山上三老子——"

我明白了，这男人摆明了不想让我进去，用这种治疗口吃的高难度东西整我，就算是正常人也会变成结巴的。

我坐到走廊的长椅上，翻出一本《盗墓笔记》，感觉无聊，又翻出一本《追风筝的人》，津津有味地读了起来。

铃声响了，一大群年龄不一的学生走了出来，个个说话结结巴巴，这时我听到一个声音："你，你也戏（是）××中学的呀？"

"戏（是）呀，我是××中学高二的，你戏（是）哪个中学的？"

"五（我）妈（嘛）！是××二中的,我们的学校很近哦,五（我）弟也在你们校哦，五（我）高一,五妈戏你学没了。"

我闭着眼睛，把最后一句"五妈戏你学没了"翻译了一下，意思应该是："我嘛，是你学妹了。"

我扭头一瞧，看到苏美达和一个短发女生并排走了出来，那个女生长得还算标致，只是个儿奇高，有175厘米左右！看样子比我还要高。

我心想，苏美达真是太帅了，到了口吃学校也有女生追。

我和苏美达回家，问他感觉怎么样，他想了想说："在他们中间我找回了自信,樱木灰,你认为我身体怎么样?"

"身体?很好呀,只是太瘦了,没有我强壮。"我审视着他说。

"嗯,那我就要变得更强壮一些。"

苏美达走后,我猜他说的更强壮,也许是看到175女生而产生的感慨。是呀,不管哪个男生看到那种高个子女生都会不同程度地自惭形秽的。

没想到,第二天,苏美达竟然没有骑车,身穿一套运动装出来了。

"车子呢?"

"放在家里了!"

"今天怎么上学呀,你重,我可不载你哟!"

"跑步去!"

"啊?"

我正惊讶,苏美达已经跑得没影了,真是比兔子还快。看样子,他不光是想变发音,还想要变形。

3.跆拳道黄带男生

苏美达一边接受口吃康复中心治疗,一边接受同学们的帮助,还开始了秘密的强身健体活动,最令大家吃惊的是,他居然还报名参加了校跆拳道协会。

我上高一的时候就是校跆拳道协会的会员了,但后来由于玩传奇,就放弃了跆拳道。

这次,我听说他报了名,就也报了名,毕竟教练曾经教过我,与我很熟。

上课的第一天,教练先向我们讲授理论,苏美达站在第一排,背着手盯着教练看,教练问苏美达,"你为什么学习跆拳道?"

苏美达一愣:"强、强、强、强……"

也许是由于太过紧张,苏美达又结巴了。

教练似乎明白了他的意思:"对,就是强身健体。"

"不对,是打架斗殴!"不知是谁说了一句。

我往后一看,一个长得满脸麻点的男生正捂着嘴巴,教练把他叫了出来,狠狠地训了一顿。

到了训练的时候,苏美达被分到与麻脸男生一组。

那个男生好像是练了好久的,腰上束着黄带(跆拳道的级别由低到高分别是白、黄、绿、蓝、黑带），没有一点瞧得起苏美达的意思。

苏美达很有礼貌地向他鞠躬，那个男生不理不睬，训练时一个黑脚就踢在了苏美达的肚子上。苏美达当时就疼得倒在了地上，气得我上前就给了那个男生一拳，男生并不示弱，和我在地上滚了起来，把教练气得脸都紫了。结果，我和麻脸男生都被罚做一个星期的卫生。

这期间，苏美达没有多少变化，他一直苦练动作，一声不响。我想苏美达应该是等待机会报复吧。

有一天课后，虞小叠问我："听说苏美达在学跆拳道，好酷哦！"

"我也学了。"

"不过，苏美达最近的变化好像有点奇怪哦！他这样做到底是为了谁？"单小刀说。

"我想一定是为了一个女生，暗恋的女生。"沈文婷十分肯定地说。

"这个女生会是谁？小鲨？林宜甜？还是……殷琴琴？"虞小叠这人想象力最丰富。

听到殷琴琴我心里就不舒服，很生气地说："不要乱猜了，苏美达才没有你们那么无聊呢！"

"对对！我忘记了樱木灰喜欢的是殷琴琴。"虞小叠低着头，吐着舌头。

正说着，窗外传来"吼""哈"的声音。我们推开窗，看到在操场上边跑边打拳的苏美达，在他的后面还跟着跆拳道课上暗算苏美达的麻脸黄带男生。

那个男生此刻正跟在苏美达身后，气喘吁吁地跑着，累得身体直打晃，腿跑得像面条一样。

看样子他们在操场上跑了一阵子了。我有点懵了，苏美达怎么会

和这个麻脸男生又搞在一起了呢？而且，麻脸男生好像对苏美达一副毕恭毕敬的样子。

难道那个男生欺负苏美达？但是，却看不出苏美达有什么不高兴呀，反而脸上还显得很快乐，苏美达又在搞什么呀？

我马上下楼，追上苏美达和麻脸男生。

麻脸男生看到我，像看到救世主一样，对我说："宁不悔，你劝劝苏美达，叫他不要跑了，累死我了！"

"他跑步和你有什么关系呀？他跑你不跑不就得了？"我心里嘀咕，麻脸男生怎么突然之间对苏美达这么无可奈何，苏美达到底在他身上用了什么魔法？

"不行，我姐不让，是我不好，我不应该欺负苏美达，你帮我求求情吧！"麻脸男生已经满头大汗。

"你姐是谁？"我更摸不到头脑。

"那个穿校服的。"麻脸男生说着用手向操场一边一指。我看到一个短发女生亭亭玉立于操场的花坛边，啊！原来是口吃康复中心的175女生。

苏美达停下来时，麻脸男生已累得像条死狗，泥一样躺在花坛边的阶梯上。

175女生对麻脸男生说："还敢欺负索（苏）米达吗？"

"不敢了。"

"还敢笑话结巴吗？"

"不、不、不、不……"麻脸男生嘴都瓢了。

175女生一个"无影手"就抓住了麻脸男生的右耳，使劲一拧，麻脸男生痛不欲生。

拧完后，175女生哼着歌离开，那首歌是《梁山伯与朱丽叶》："我爱你你是我的朱丽叶/朱丽叶/我愿意变成你的梁山伯/幸福的每一天/浪漫的每一夜/把爱永远不放开/I love you/我爱你，你是我的罗密欧/罗密欧/我愿意变成你的祝英台/幸福的每一天./浪漫的每一夜/美丽的爱情祝福着未来

后来，我才知道事情的真相。

麻脸男生是175女生的亲弟弟。一天，麻脸男生回家对175女生描述跆拳道班里来了一个结巴男生，在练习的时候他就对结巴男生下了黑手，而且还和结巴男生的同学打了起来。听到结巴男生学跆拳道，175女生很好奇，就问那个男生叫什么名字；麻脸男生说不知道，但听结巴男生总对他同学叫"樱木灰"什么的。175女生一听就知道弟弟说的结巴男生是苏美达了，麻脸男生在说的过程中还不住地笑话苏美达的结巴，遭到了175女生的严厉批评。在家里，麻脸男生就受到了姐姐的"皮肉惩罚"。姐弟两个到学校时，苏美达正在操场上跑步，175女生就让弟弟去向苏美达道歉，什么时候苏美达接受了，麻脸男生才可以停下来。

苏美达也够绝的，对身后的男生置之不理，依然自顾自地跑，使麻脸男生受到了应有的惩罚。

从此以后，上跆拳道课的时候，我们和麻脸男生和睦相处，并渐渐地成为朋友。

麻脸男生是黄带，我和苏美达是白带，黄带在动作和技巧上都比我们要强得多，训练的时候给了我们很大帮助，他还成了苏美达的跆拳道小师傅。

每次训练时，麻脸都会大喊一声："苏美达！"

苏美达应声大喊:"吼——哈!"

然后,他手脚并进,动作之卖力令我佩服得五体投地,但要说动作的标准性我实在不敢恭维。说实话,我认为苏美达真不是学跆拳道的料。

据我所知,结巴的人在身体上与正常人相比,往往显得有点笨拙,所以,苏美达要想练好跆拳道,我认为那简直是神话。

苏美达总是很认真地对我说他自己很执著,他认为身体变得灵巧了,结巴也会逐渐改掉的。

他在不懈地努力,每一个清晨,每一个黄昏,他都在奔跑,在出拳,在踢腿,像一只勤奋的螳螂,舞动着细长的肢体,感动着每一个认识他的人。

这期间,他并没有间断口吃康复中心的治疗,他依然在固定时间去读那些折磨人的绕口令,接受老师的强化训练。在做好这两件事的同时,他不忘努力学习,他对我说:"樱木灰,我要做一个正常的人,而不是一个让人取笑的结巴男生。"

4.变出一双运动鞋

这天晨读,苏美达是昂首挺胸走上台的,他自信地微笑着,流利地说:"同学们,我们现在开始晨读。"

他声音之响亮,吐字之干脆,令全班同学目瞪口呆。

他读的是《读者》上的一篇文章,整篇文章读得都很好,一句都没有结巴。他走下讲台的时候,班里响起了热烈的掌声。

在掌声中,苏美达高高地举起右手,对大家说:"今天,我正式宣布,我已初步改掉了结巴的毛病,从今以后,我不再是一个结巴男生了!"

同学们都笑了,大家看到了苏美达的变化,他的变化使大家联想到两个字:奇迹。

是的,他就是一个奇迹。

两天后,校运动会。

一大早,苏美达就来到学校,组织班级站队形。他拿着运动会项目表,嘱咐班上每个运动员做好准备。

我报的是 3000 米接力,苏美达是最后一棒,我是倒数第三棒。

运动会开始后,苏美达亲自敲起大鼓为同学们呐喊助威,邻班的女生们看到苏美达神气活现的样子,很是嫉妒:"那不是结巴班长苏美达吗?好猖狂!"

　　班里一个女生听到后,很生气地对邻班女生说:"拜托,把结巴两个字拿走,班长苏美达已经改掉结巴了。"

　　邻班女生很是不屑:"改掉了?暂时的吧!"班里女生气得要跨过去,撕烂邻班女生的臭嘴,但被苏美达拦住了。

　　很快就要到女子长跑了,班上的长腿明星银朵突然发现运动鞋没带来,可她脚特大,班里其他女生的运动鞋她根本就穿不了,急得她满头大汗。再过十分钟,比赛就要开始了,怎么办?

　　"多少码的?"苏美达问银朵。

　　"40。"银朵不假思索地说了出来,完全不顾忌女孩脸面。

　　"好,别着急,等我!"苏美达说完就跑了出去。

　　不到五分钟,苏美达拿着一双崭新的运动鞋回来了,银朵换上鞋后,发现大小正好。长腿银朵上场后,不负众望,轻松得到了第一名。

　　银朵把运动鞋交还给苏美达时,问他:"这鞋是从哪儿来的?"

　　"是呀?这双鞋你是从哪儿弄的?"我突然也发现这个问题比较有趣,因为学校附近没有商场,也没有任何卖鞋的鞋店,仅仅五分钟,苏美达就弄到了鞋,难道鞋是从天而降的吗?

　　苏美达小心地装起鞋,说:"变出来的!我会72变!"

　　女生们听到后,个个失望地摇了摇头:"这个世界完了,苏美达也学会撒谎了。"

　　我再一看苏美达,他已经不见了,学校广播正在播出运动会下一个项目的名称:跆拳道表演。

　　听到"跆拳道"三个字,看到主席台下面一排穿着白色道服的跆拳道协会会员,我这才想起来,此次跆拳道表演不光有苏美达,还有我呢!可我竟然还穿着运动装,我刚才光顾着留意苏美达,连这么大型的"扮酷"表演都错过了。唉,我的大小肠都悔青了……

已经去不成了,只有观看的份了。

这时,我发现我的旁边不知什么时候多了一个人。旁边原来是坐着苏美达的,现在那里竟然坐着一个女生。定睛一看,原来是口吃康复中心的175女生。她满头大汗,双眼直直地盯着跆拳道表演的人群。

出于礼貌,我说:"在看你弟吧?他在第一排,就是领队的那个!"

"我、我不戏(是)看五(我)弟,在看索(苏)——米达!"

我真是不敢相信,同在一个口吃康复中心的,差距怎么会这么大,苏美达都康复了,175为什么还这么严重呢?

她看都不看我一眼,双手握拳。我感受到了来自她身体中的一种杀气,不敢和她说话,只是随意地看了看她。咦?她居然穿着拖鞋!

"你好休闲呀!"我没话找话。

"苏美达抢走了我的鞋!"175女生说。

"是这双吗?"我拿出苏美达刚才包好的运动鞋。

"就是这个。"175女生拿出鞋,认真地穿上。见我盯着她的大脚,她瞪了我一眼:"看什么?小心我……"

她挥起"螃蟹爪子"准备揌我,吓得我向后一仰,差点倒在一个女生怀里。

这时,苏美达回来了,连声向175女生道歉。原来,175女生学校也在开运动会,苏美达跑到人家学校后,在人家全班众目睽睽之下,脱下了175女生的鞋,害得人家现在只能穿拖鞋。

175女生穿上鞋以后就走了,给苏美达留下了一双拖鞋。苏美达望着拖鞋叹道:"大脚,实在是大脚!"

5.达达 快跑

下午,接力赛正式开始了。

单小刀跑第一棒,他冲出去以后,同学们都站了起来,为他呐喊助威。

我和苏美达站在跑道上,苏美达并不看我,一个人闭着眼又是踢脚,又是跳跃,搞得旁边班级学生的眼珠也跳上跳下的。

我说:"达达,快到我们了,你这样做有什么用呀?"

"当然有用了,这样速度会更快的。"他边跳边说。

"好吧,那你自己跳吧!"我有点紧张,双眼紧紧地盯着跑道上的同学。苏美达仍然像动画片里的人物似的跳来跳去。

不一会儿,就到我了,我接过接力棒就开始玩命地跑,苏美达仍然在跳上跳下,像一只傻乎乎的青蛙。

我在内圈,跑在第二位,后面有六个班级的男生紧追不舍,谁都想得第一,但第一不是那么容易得的。

我努力地跑,心里暗暗地抱怨苏美达,担心到他那一棒时,他会不会还在玩青蛙跳。

我在跑的过程中,抬起头,看到跑道尽头拉开了一条长长的标语,上书:宁不悔,你是最棒的。

标语的一角是苏美达的手,另一角是虞小叠的。

我没想到苏美达还有这一手,我握紧接力棒,甩开我的大长腿,把后面的男生落得远远的,但还是难以赶上第一名。

"樱木灰,加油!"

我听到了苏美达的声音,很响亮,带着回音。

我看到他站在一张桌子上,手里握着扩音器,真是夸张。

马上就传下一棒了,我看到了迎接我的苏美达,他跨着青蛙腿,向我这边伸着手,样子可爱极了。

场上的气氛热烈得令人窒息,到处都是"加油"的声音,我感觉自己的腿在发麻,但我咬紧牙告诉自己,苏美达可以坚持做好每一件事,我也一定能!

对于这个场面,我用慢动作来描述:

我像世界长跑冠军一样轻轻地摆动手臂,迈着坚实有力的每一步,我伸开手臂,稳稳地将接力棒向苏美达伸去,苏美达侧着身,轻轻地慢动作伸出右手。

"啪"接力棒准确地被苏美达抓住了,接下来,慢动作停止,画面恢复正常。

苏美达像离弦的箭一般冲了出去——

我弯下腰,满头汗水滴在了运动场的草坪上。远处,穿着白色运动装的苏美达像一片云在跑道上飘动着。

"太快啦!"

"那个就是结巴班长苏美达吗?"

"那个就是走路左摇右晃,像大虾的苏美达?"

"……"

各种惊叹声此起彼伏,场上的每一个人都用惊奇的眼光看着苏美达,看着那个曾经傻傻笨笨的结巴男生。

米星希老师和同学们一起为苏美达加油:"达达,快跑! 达达,快跑!"

"苏美达超过了跑在前面的同学,他现在跑在第一位!"这个声音是广播里传出的,我听出来了,是那个总和苏美达作对的四班班长米晴。

这时,场上出现了更令人不可思议的一幕:场外一个长发女生追上了苏美达,她像送接力棒一样递给了苏美达一瓶水,随后,瞬间在运动场上消失了。

看得班里的同学都呆了,女生们气愤地惊呼:"那是谁?"

我知道那是谁,从那个女生的影子,我能认出来,她是林宜甜。

广播里放着那首《梁山伯与朱丽叶》……

这时,全班女生都站了起来,大声地喊着:"达达快跑,你是我们的罗密欧!"

苏美达听到了,他伸开双臂,超越了所有的人……

在苏美达冲线的时候,全班都欢腾了,整个运动场都欢腾了。

苏美达代表我们班走上主席台领奖的时候,我们看到了他最灿烂的笑容,他已经不再是过去那个结巴男生,他已经破茧而出……

一个月后,苏美达参加了全校的演讲比赛,他真正成了一个伶牙俐齿的人。

对于他的变化,每个人在惊讶的同时,还充满疑问,令苏美达这么努力改变自己的人是谁? 难道真的是他喜欢的一个女生吗?

有一天,我终于忍不住问了他这个问题:"达达,你是为谁而改

变呢?"

苏美达不说话,开始在操场上跑。我追上他,等他的回答。

最后,他的回答完全出乎我的意料,因为他只说了两个字:"我妈!"

苏美达说,他从小就口齿不灵,六岁以前,没有张口说过一句话,妈妈以为他是个哑巴,就每天抱着他讲话,给他唱歌,带他去听音乐会,带他去人最多最吵的地方,训练他讲话。后来,他学会了讲话,但却是一个结巴。

在他结巴最严重的时候,半个小时也吐不出一个字来,憋得满脸通红,眼泪都急了出来。他流泪,妈妈也跟着流泪。但在生活中,妈妈教会他,无论快乐还是忧伤,都要坚强地面对一切。为了报答妈妈,他决定彻底改变自己,不再受人嘲笑,不再被同学瞧不起,不再被人说成是一只臭乎乎的毛毛虫。于是,他一直在改变,一直在努力,一直在体会着蜕变成蝴蝶的疼痛与酸涩。还好,他顺利地挺了过来,他拥有了属于自己的翅膀。

"达达,快跑!达达,快跑!"

我站在操场中间对他喊,站在初秋午后的阳光中对他喊……

他听到了,他在不停地跑,我不知道他会跑多久,也不知道他会跑到哪里,但我知道,他永远不会停歇,正如我们永不停歇的青春。

图书在版编目（CIP）数据

你是我的罗密欧/鲁奇著.—太原：北岳文艺出版社，2012.8

（校园幽默丛书）

ISBN 978-7-5378-3732-3

Ⅰ.①你… Ⅱ.①鲁… Ⅲ.①长篇小说—中国—当代 Ⅳ.①I247.5

中国版本图书馆CIP数据核字（2012）第152159号

书　　名	你是我的罗密欧	
著　　者	鲁　奇	
责任编辑	刘文飞	
封面设计	培捷文化	
出版发行	山西出版传媒集团·北岳文艺出版社	
地　　址	山西省太原市并州南路57号	
邮　　编	030012	
电　　话	0351-5628696（营销部）	
	010-58200905 转801（北京中心发行部）	
	0351-5628688（总编办）	
传　　真	0351-5628680　010-58200905 转802	
网　　址	http://www.bywy.com	
E-mail	bywycbs@163.com	
印刷装订	北京天宇万达印刷有限公司	
开　　本	700mm×960mm　1/16	
字　　数	150千字	
印　　张	13	
印　　数	7000册	
版　　次	2012年8月第1版	
印　　次	2012年8月第1次印刷	
书　　号	ISBN 978-7-5378-3732-3	
定　　价	25.00元	

本书如有印装质量问题　由承印厂负责调换